37

DAS ANDERE

A TRINDADE BANTU

DAS ANDERE

Max Lobe
A Trindade Bantu
La Trinité bantoue

© Éditions Zoé, 2014
© Editora Âyiné, 2022
Todos os direitos reservados

Publicado por acordo com a Agência literária Astier-Pécher
A tradução desta obra teve o apoio de Pro Helvetia, Fundação Suíça para a Cultura

fundação suíça para a cultura
prɔhelvetia

Tradução: Lucas Neves
Preparação: Prisca Agustoni
Revisão: Giovani T. Kurz, Andrea Stahel
Ilustração de capa: Julia Geiser
Projeto gráfico: Luísa Rabello
ISBN 978-655-99801-47

Âyiné

Direção editorial: Pedro Fonseca
Coordenação editorial: Luísa Rabello
Coordenação de comunicação: Clara Dias
Assistente de comunicação: Ana Carolina Romero
Assitente de design: Rita Davis, Lila Bittencourt
Conselho editorial: Simone Cristoforetti,
Zuane Fabbris, Lucas Mendes

Praça Carlos Chagas, 49 — 2º andar
30170-140 Belo Horizonte, MG
+55 31 3291-4164
www.ayine.com.br
info@ayine.com.br

Max Lobe

A TRINDADE
BANTU

TRADUÇÃO
Lucas Neves

Âyiné

Para minha mãe e melhor amiga, Chandèze,
Ah Sita, lè Nyambé a ti ki wè nin

I

Já faz quase trinta minutos que estou aqui, nas alturas de Lugano, encarapitado em um morro alto, esperando desesperadamente um ônibus que não passa nunca. O sol está a pino e castiga meu cocuruto pelado, meu Kongôlibôn. Há uma senhora perto de mim. Ela traja um elegante vestido de cor baunilha. A cabeleira branca varre seus ombros nus. Faz tanto calor que, em seu rosto, a base derrete e encontra as ruguinhas que forram o contorno dos seus olhos. Essa senhora não para de falar. Ela resmunga, grunhe. Ela deve estar se queixando desse atraso flagrante do transporte público. E pensar que a gente paga cada vez mais caro —creio compreender. Ela fala em italiano. Eu sorrio. Nem sei por quê. Na verdade, não saco muito dessa língua, não. Só uns fragmentos esparsos parecidos com o francês. Mas, como a minha irmã Kosambela costuma dizer, o francês e o italiano são um pouco como os bantus e os helvéticos: primos distantes, talvez até próximos. Então, consigo entender umas nesgas do que conta a senhora.

Do outro lado da rua, há uma parada para todos os veículos públicos que seguem na direção inversa daquele que eu espero. Dois adolescentes estão ali. A paciência deles também está se esgotando, como a nossa. Eles parecem exasperados. Um homem de regata branca encharcada passa perto dali com um carrinho de mão marcado com as letras da cidade. Trata-se de um carrinho da zeladoria municipal. Assobiando bem leve, ele esvazia as lixeiras. Bom, pelo menos isso, parece reconhecer o olhar da senhora ao meu lado, que não para de reclamar.

Perto do gari, um cartaz chama minha atenção. Nele há três ovelhas brancas em um bucólico cercadinho vermelho, marcado com uma cruz branca. Uma das ovelhas brancas diverte-se enxotando a coices uma ovelha preta. No cartaz, lê-se a inscrição «creare sicurezza».[1]

Fumo tranquilamente um cigarro olhando para esse cartaz cuja ilustração me parece bastante engraçada. Então, me lembro que a expressão «ovelha negra» era uma das favoritas do meu pai, que trabalhava no Exército da Bantulândia. Além de ovelha negra, ele dizia sempre «um KGB dos infernos» (para um espião), «berrador senegalês» ou «ignorante»[2] (para quem falava muito). Quando se falava em traidores nas fileiras militares, ou de covardes, ou ainda de mortos no campo de batalha, meu pai sempre dizia em tom eufórico: são apenas ovelhas negras!

O grande sino de uma igreja ao longe começa a soar. Percebo que logo vai fazer quarenta e cinco minutos que estou à espera do meu ônibus. Fosse em outra época, não tão distante assim, aliás, eu já teria pegado um táxi. É o que acaba de fazer uma mulher que

---

1   Criar segurança, em italiano. [Todas as notas desta edição são do tradutor.]

2   No original, «motamoteur», derivado do verbo «motamoter», regionalismo do francês de Camarões que, por sua vez, vem de «mot à mot», palavra por palavra. A expressão se refere ao que seria uma «decoreba» vazia, sem entendimento de fundo do que está sendo absorvido ou retransmitido.

A TRINDADE BANTU

não quis ficar de poste por mais de cinco minutos. Acontece que, há pouco mais de um ano, enquanto eu terminava bravamente meu mestrado, recebi a notícia de que iria perder meu trabalho.

Eu era vendedor ambulante da Nkamba Africa Beauty. Depois de cerca de cinco anos de serviços bons e leais, meu chefe, Monsieur Nkamba, dispensou-me. Ele o fez sem qualquer pudor. Não deu nenhuma explicação concreta. Era o que era: ele estava encerrando nossa colaboração. Um ponto final. Por sinal, a gente não tinha qualquer contrato formal. Eu vendia os produtos dele, ele me passava minha grana. Tudo corria na surdina. Entre nós. Entre os irmãos da Bantulândia. Espera, o que que eu estou dizendo? Nkamba só tinha nascido lá. Fazia uns meses, apenas uns poucos meses, que ele tinha se bandeado para o outro lado. Tinha renunciado com orgulho à cidadania bantu. Ele tinha virado helvético. Unicamente helvético. «Sou um Eidgenosse[3] de raiz, 100%!», dizia ele, batendo no peito. Cheguei até a ouvir dizer que ele votava bem à direita nas eleições. Mas estou me lixando para isso. Para mim, o mais importante é o meu trabalho. E isso eu não tenho mais.

Quando Monsieur Nkamba me disse que não queria mais saber de mim, não acreditei. Qual era a queixa que ele tinha em relação a mim? De que ele podia se queixar? Eu faturava. Muito bem, aliás. Nunca tinha desviado nada pra mim mesmo. Jamais me comportei mal com as clientes dele. Muito pelo contrário, a gente mantinha relações comerciais ótimas. Nunca tive qualquer conduta repreensível com ele nem com qualquer pessoa desse negócio tão opaco, cujas mercadorias ingressavam aqui ilegalmente.

---

3   Substantivo da variante do alemão falada na Suíça usado para identificar quem nasce no país. O termo significa «confederado», uma alusão à Confederação Suíça, aliança entre cantões selada no século 13 que viria a dar origem ao Estado atual.

Nunca me recusei a cumprir qualquer tarefa que ele me tivesse passado. Isso porque não era apenas seu vendedor mas também seu pau pra toda obra. Mwána, você pode ir buscar meu filhos na escola? Mwána, pode pegar meu terno na tinturaria? Mwána, pode fazer isso ou aquilo? E até Mwána, não tem umas gatinhas aí pra me apresentar, não? Daí ele completava, acariciando a própria barriga, maior até do que a de uma mulher prestes a dar à luz: você entende que um homem não pode comer arroz todo dia, né?

Eu era fiel e leal a ele. Mas ele não hesitou em me jogar no olho da rua.

Eu implorei a ele. Não poderia ter sido diferente; afinal, aquilo era o meu ganha-pão. O trabalho permitia que eu pagasse meus estudos, minhas despesas fixas e até que eu mandasse uma graninha para Monga Míngá, minha mãe, que tinha ficado na Bantulândia. Monsieur Nkamba não pagava nenhum encargo, e eu, nenhuma contribuição previdenciária. Assim era o nosso contrato. Toda a bufunfa que eu ganhava no negócio ia limpa para o meu bolso, para o meu bucho — e, mais recentemente, também para o do meu Ruedi.

Nem adianta insistir, me disse Monsieur Nkamba, afagando seus dedos grossos cobertos de anéis de ouro. Zero compaixão. Sem dizer tchau, saí de seu escritório apertado demais para aquela corpulência mastodôntica. Bati a porta com tanta força que todo o desprezo e desdém que sentia naquela hora por ele ressoaram na paulada.

Desde então não vi Monsieur Nkamba.

Hoje, arrependo-me de tê-lo abandonado assim. Talvez eu devesse ter continuado a suplicar. Talvez ele por fim ouvisse minhas súplicas. Talvez se lembrasse da nossa colaboração tão boa durante quase cinco anos. Talvez eu devesse ter proposto uma renegociação das cláusulas do nosso contrato, baixado meu próprio salário, aberto mão dos meus bônus na venda dos produtos falsificados

A TRINDADE BANTU

dele. Talvez eu devesse ter ameaçado denunciá-lo às autoridades helvéticas. Talvez...

Enquanto espero o ônibus, não é essa história com a Nkamba African Beauty que me aflige. Monsieur Nkamba fez a escolha dele. Quanto a mim, eu certamente encontrarei um emprego de verdade, à altura das minhas competências, digo a mim mesmo com a parca convicção que escorre do meu cocuruto pelado.

Não é o atraso do ônibus que me importa. É comum dizermos, sobre nossos primos distantes, que são pessoas de uma pontualidade inabalável. Sim, mas também pode acontecer que eles se atrasem —bastante, às vezes. Também não estou ligando para a raiva da senhora ao meu lado. Ela pode ranhetar o quanto quiser, mas vai acabar esperando essa merda de ônibus que está tendo seu dia de caracol. Na verdade, não é nem esse cartaz político afixado na minha frente, que eu saberei em questão de semanas que muita gente acha detestável, aquilo que me importa. Não. Tampouco os sapatos Louboutin vermelhos que comprei orgulhosamente para mim mesmo quando tudo ia bem. O que mais me preocupa agora são esses dois Mbánjok que estou carregando comigo! Dois grandes sacos de, no mínimo, trinta quilos cada.

O que tem dentro deles? Comida! É isso! Comida, nada mais do que isso. Que vem direto da Bantulândia.

II

Há dois meses, minha irmã Kosambela decidiu mostrar sua terra natal aos filhos, dois mestiços bonitos de longa cabeleira crespa e lábios carnudos —nove e seis anos. Ela sempre havia tido na cabeça esse projeto. E ninguém, nem mesmo uma escavadeira, teria retirado isso de lá. Era na Terra Bantu que ela iria fazer daqueles dois frangotes ocidentais homens. Homens de verdade. Nem pensar em permitir que eles ficassem como aquela coisa do pai deles, que não se importava em executar tarefas domésticas. Ele chegou até a querer cuidar das crianças e, ainda por cima, usufruir de uma licença-paternidade. Ele chora para dizer à esposa o quanto a ama. Ele chora porque um dos filhos fecha a cara e decide que não vai jantar. Pior ainda, ele chora por estar há duas semanas sem notícias da mãe. Atitudes assim deixavam minha irmã transtornada. Ela se lembrava do nosso pai, um militar, e se perguntava: isto é um homem? É uma ovelha negra! E se não fosse por essa coisa aí —sim, era assim que a minha irmã chamava o marido: essa coisa aí—, Kosambela Matatizo já teria há tempos despachado seus filhotes para a África, para a Terra Bantu.

No momento em que me dirijo a vocês, porém, ela pode fazer exatamente isso, já que marido é algo que não existe mais naquela casa. Ela cria seus guris sozinha.

Quando ela me contou sobre as férias deles na Terra Bantu, na região M'fang, a noroeste da nossa casa, eu primeiro dancei para expressar toda a minha alegria. Podia imaginar meus sobrinhos se perdendo na imensidão e na beleza de um país repleto de pessoas formidáveis. Pedi a Kosambela que não se esquecesse de lhes mostrar as cataratas de Vitória e as de Lobê, o parque Mosi-oa-Tunya. Falei a ela para levá-los aos serras de Catanga, às margens do lago Tanganica, aos montes Kilimanjaro e Fako, sem esquecer os rios Limpopo e Ubangui, os elefantes do delta do Okavango, as zebras do parque de Etosha e tantas outras coisas.

Mas logo a alegria se transformou em receio. Morri de medo pelos meninos. Pobres garotos, pensei. Como iriam assimilar a triste realidade de nossas paisagens urbanas e o peso das tradições desconhecidas aqui na Helvécia, onde eles nasceram? Ficariam traumatizados? Conseguiriam se situar? Imediatamente, chamei a atenção de Kosambela para todas as questões de saúde, sobretudo as ligadas a vacinas:

— Eles precisam tomar todas as vacinas. Todas, eu insisto.

— Faremos o que for possível, pela graça de Zambi.[4] Só ele protege.

Ela seguia desfiando o rosário branco que nunca sai de suas mãos, mesmo quando chamava o marido de «essa coisa aí». Fez uma pose meditativa como se para pedir a Zambi a resposta correta. E então se voltou para mim.

— Meus filhos têm sangue preto legítimo em suas veias.

---

4   Deus supremo na mitologia bantu.

A TRINDADE BANTU

— Sangue preto? Onde você ouviu que o sangue preto protege da malária e do tifo?

— Fratellino, prosseguia ela em tom jocoso sem largar o rosário, os mosquitos sabem quem picar. Então deixa esse assunto pra lá.

Hoje, imagino que Kosambela estivesse tirando sarro de mim. No fim das contas, acho que ela deu todas as vacinas aos filhos. Penso também que ela tinha tomado todas as precauções necessárias para que eles não fossem picados por um mosquito *Anopheles* fêmea, curioso em degustar uma nova marca de sangue, um sangue misto, tipo panachê.[5] Saúde! Seja como for, os pequenos voltaram sãos e salvos. E circuncisados, óbvio! Que Zambi seja louvado!, dissera minha mãe por telefone.

Parece que a minha mãe ficou indignada ao ver, na Terra Bantu, as minhas fotos. Foi Kosambela que as mostrou a ela. Minha mãe me achou muito magrinho.

— Ó, Zambi!, exclamou. O que é isso? Parece um mosquito do deserto. Ele está passando fome lá ou o quê?

— Sabe, respondeu minha irmã, a vida na casa dos Brancos é uma pedreira.

— Tenho certeza de que é aquela moça do desemprego que está sugando ele desse jeito. Ela quer acabar com o meu menino, é isso? Ou vai ver é a comida lá de vocês que não serve para ele.

— Só nos resta rezar.

— Ajuda-te, e o céu te ajudará, concluiu a minha mãe.

Monga Míngá decidiu ajudar-se a si mesma para que o céu em seguida a ajudasse. Ela tomou medidas drásticas para atenuar

---

5   Referência à bebida feita a partir da mistura de cerveja e limonada (ou refrigerante à base de limão), bastante consumida na França e em países vizinhos.

esse problema. E foi ligeira. Deixar o menino morrer assim, sem fazer nada, nem pensar. E decidiu também me enviar um sem-fim de provisões de lá. Ndolé,[6] ah, o famoso ndolé! Minha mãe nunca escolhe as coisas por acaso; ela sabe o quanto eu gosto desses legumes! Fumbua, saka saka, makayabu, quiabo, berinjela africana desidratada. Amendoim cozido, amendoim torrado, amendoim seco, amendoim caramelizado, óleo de amendoim, pasta de amendoim, amendoim até não poder mais. Bastões de mandioca, farinha de mandioca, salgadinhos de mandioca, tapioca, bolinhos de mandioca, mandioca para se fartar. Bolos de semente de abóbora, de feijão fradinho, de coco, bolos a perder de vista. Taro, taioba. Azeite de dendê, carne de caça seca etc. etc. Artilharia pesada. Tô dizendo, chumbo grosso mesmo. Tudo o que é necessário para engordar seu pintinho bantu na Helvécia. Minha mãe não é boba. Fez todas essas escolhas de alimentos porque sabia muito bem que a boca que mamou não esquece nunca mais o sabor do leite.

Todos os meus mantimentos foram cuidadosamente embalados, primeiro com papel filme, depois com papel alumínio, em seguida com jornal, e então em grandes sacolas. Minha mãe os tinha congelado por vários dias. Infalível, Kosambela os havia conservado assim ao retornar para a casa dela, em Lugano.

E agora, eis que o atraso do ônibus colocava tudo a perder. Riscava fazer derreter todas as minhas provisões, que nem margarina sob o sol. *Cioé*!

---

6   Planta típica do sul de Camarões e da Nigéria cujas folhas são usadas no preparo do «prato nacional» camaronês, também chamado ndolé. Na receita entram também nozes ou amendoim, bananas-da-terra e uma proteína animal (camarões, peixe ou carne de vaca), entre outros ingredientes.

A TRINDADE BANTU

O ônibus finalmente chega. Vem com quase uma hora de atraso. Antes de subir, eu solto um longo «tssss!» com a boca aberta. Com um lencinho de tecido, seco as gotículas de suor que forram minha cabeça. Meu Kongôlibôn ardente relava com o frescor do ar-condicionado do ônibus. É gostoso. A senhora continua a praguejar contra os atrasos, contra o transporte público, contra absolutamente tudo. Eles envergonham este país por nada, ela deve estar dizendo sem parar. Eu também estou bravo, ainda mais porque ainda me restam seis horas de viagem até Genebra, do outro lado do país. As viagens de trem nesse trajeto são longas, e é preciso rezar a Zambi para que meus mantimentos cheguem intactos até a minha casa.

No ônibus, eu fito o motorista, cuja cabeça surge no espelho retrovisor. É um troncudinho barbudinho. Fico me perguntando se seus pés alcançam os pedais do veículo. Coloco minhas sacolas ao abrigo de eventuais importunadores. Qual vai ser a reação do meu pequeno Grisão,[7] Ruedi, ao se deparar com essa avalanche de comida proveniente da África? Como eu o conheço bem, sei que vai começar me dando um sorriso. Vai ficar acanhado. Depois vai perguntar se as doações do Programa Mundial de Alimentação foram enviadas para o endereço errado. Vamos rir juntos e fazer outras piadas em torno desse assunto. Então, seu espírito cartesiano dos Brancos voltará rapidinho à tona. Tenho certeza de que ele vai me dizer nessa hora: olha, Mwána, a gente não tem lugar para tudo isso na nossa geladeirinha.

---

7   Natural do cantão dos Grisões, o maior da Suíça em extensão territorial, localizado no extremo leste do país.

III

É o dia da festa nacional aqui no país dos meus primos distantes. Mas também na Terra Bantu. Só Deus sabe por que esses dois países que nada têm em comum escolheram a mesma data para suas festas nacionais. O 1º de agosto aqui marca o aniversário de um certo juramento formalizado por três homens, cada um representando os primeiríssimos cantões da Helvécia mais profunda. Eles chamam isso de Juramento do Rütli. Ele teria sido assinado no fim do século 13. De um lado, os bem elitistas dizem que se trata de um mito mais do que de um fato verdadeiro. Afirmam que tudo não passa de uma bela historinha para as crianças. Ou melhor, para as crianças que ainda querem acreditar nisso. De outro, alguns estufam o peito para dizer que se trata da base mesma da história do país. De sua força. Entre essas duas visões de sua festa nacional, não serei eu, pobre pequeno Bantu, que vou arbitrar.

Quando eu conto a Monga Míngá a história e a contra-história do Juramento do Rütli, ela não esconde seu espanto, sua emoção. Essas pessoas nos desbancaram, ela me diz ao telefone. Já assinavam pactos tanto tempo atrás?, pergunta ela. Depois acrescenta —com forte dose de ironia na voz—, nesses séculos tão distantes, a gente ainda andava nu na floresta com os animais.

Rimos. Tiramos sarro de nós mesmos.

Ruedi não está em casa. Foi para suas montanhas natais nos Grisões. Decidiu ir pra lá porque não quer comer ndolé, muito menos pundu.[8] Esse aí não curte a comida que vem da Terra Bantu. Nunca me confessou. Mas entre nós, do alto de três longos anos de vida comum, não precisamos necessariamente dizer as coisas para nos compreender um ao outro.

Ontem, quando estava indo embora, ele me propôs acompanhá-lo. Estava se fazendo de esperto. Sabia que eu não aceitaria o convite, porque estava para receber o Dominique. E quando um de nós recebe o Dominique em casa, precisa de tempo para dedicar a ele. Poucas vezes o recebemos juntos. A cada ocasião, um de nós, Ruedi ou eu, teve que se ausentar e deixar o outro com Dominique. Acabamos, com o passar do tempo, abrindo espaço para ele em nosso lar. Ele tem a cópia das chaves. Sabe que, se não estivermos em casa, pode entrar no apartamento. Porque é dele também. Mas duvido que ele venha a fazer isso. Ele sempre vai esperar que um de nós esteja em casa. Vai aguardar que um de nós o convide. E então, ele deixará seu apartamento em Carouge e virá à nossa casa.

Os últimos dias têm sido muito quentes. Só se fala em onda de calor. Todos repetem os conselhos habituais da estação: beber bastante água, não se expor ao sol por muito tempo, não exagerar nos exercícios físicos sob o sol a pino. Faz alguns dias que tento seguir direitinho essas orientações. Ao meio-dia, baixo a persiana

---

8   Ensopado típico da África central feito a base de folha de mandioca e óleo de dendê, normalmente servido com banana, inhame, arroz, peixe ou carne.

A TRINDADE BANTU

do meu quarto, para deixá-lo fresquinho. Quando a noite vem, volto a abrir as janelas para deixar entrar a brisa do lago. É o que espero fazer daqui a pouco, quando levantar da cama. Por ora, sigo deitado. Acabei de acordar. Dominique não está mais aqui. Eu caí num sono profundo.

Sobre a mesa da cozinha, ele me deixou um bilhete antes de ir embora. Diz que ficou contente em me ver. Que foi legal. Muito legal. Sorrio. É pena, ele prossegue, não encontrar também o Ruedi. No final, ele me deseja uma boa festa nacional bantu. Até logo, conclui.

Esfrego meus olhos ainda sonolentos. Amasso o papel e jogo-o na lixeira da cozinha onde jazem as folhas de bananeira usadas para embalar os bastões de mandioca com os quais eu me fartei o dia inteiro.

Abro as janelas do meu quarto. Fico ali, naquela fresta, fumando um cigarrinho. Olho para o prédio da frente. Está decorado. Em quase toda janela há uma bandeira vermelha com uma cruz branca. Mas não só. Há também muitas bandeiras de outros países: Itália, Portugal, Espanha, Albânia, Kosovo, França, Alemanha etc. Não vejo nenhuma, porém, originária da África, muito menos da Terra Bantu. E olha que o bairro é super multicultural. Penso então na minha bandeira bantu — é claro que tenho uma. Trouxe-a comigo quando deixei o país. Isso já faz muito tempo. Eu a coloquei por cima das minhas coisas. E então fechei a mala. Ainda me lembro do meu orgulho ao completar esse gesto. O orgulho de um emissário que tem a honra de ir representar o seu país no exterior. Mas, desde então, esse orgulho diminuiu. Minha bandeira jaz em algum buraco que nem sei mais. Por que nunca a estendi na minha janela, como fazem os outros? Falta-me orgulho para fazer isso? Será que eu tenho vergonha de dizer de onde venho? Na casa do meu antigo chefe e compatriota da Terra Bantu, são as bandeiras da Suíça e de Genebra que acolhem quem entra no casarão que ele comprou na zona rural da cidade. É o sujeito mais genebrino que pode existir.

Um sentimento de culpa me atravessa. Para superá-lo, penso em Ruedi. Imagino que ele esteja agora fumando na varanda de um bar situado nas alturas do seu vale. Penso em Kosambela, que, a uma hora destas, deve estar em algum canto participando de um encontro de oração. Penso nos incontornáveis desfiles militares que marcam o 1º de agosto bantu. Não participam dessas paradas apenas os militares, a polícia ou ainda relíquias dos bombeiros. Os alunos de escolas, estudantes universitários e nossos vários partidos políticos também estão presentes. Os únicos grandes ausentes são os socorristas. Não é que eles boicotem deliberadamente o desfile do 1º de agosto. Esse serviço simplesmente não existe na Terra Bantu. Não existe mais.

Ainda na janela do meu quarto, o rosto acariciado pelo vento fresco que vem do Leman, penso na temporada de chuvas na Terra Bantu, tão contrastante com a onda de calor que agora nos assola aqui. Uma temporada chuvosa que traz um batalhão de mosquitos tenazes, armados até os dentes para esvaziar o sangue das veias da gente. Lembranças de mosquitos pululam na minha memória. Lembro-me de Kosambela, que, moleca, me contava que era preciso ficar esperto com os mosquitos da Terra Bantu. Isso porque, segundo ela, eles não eram simples mosquitos. Eram mosquitos feiticeiros!, afirmava, com ar grave. Ela dizia que nem os sprays repelentes conseguiam mais matá-los, porque eles metiam uma máscara de gás antes de vir nos sugar enquanto dormíamos. Ovelhas negras, eu lhe respondia, tentando imitar a voz autoritária do nosso pai. Kosambela tinha certeza de que a única forma de livrar a Terra Bantu desses mosquitos seria atacando-os com um martelo, ou melhor, com um ancinho. Quando me lembro de todos esses momentos da nossa infância, sorrio.

Ligo para Ruedi.

— E aí, comeu outra coisa?, pergunto.

— Grelhados, muitos grelhados. E você?

— Você já sabe. O mesmo de sempre.

Ouço-o sorrir. Não sei se é pra zombar de mim ou de satisfação por não ter tido que comer um prato bantu bem nesse dia de festa nacional helvética.

— E com o Dominique, ele me pergunta. Foi bom?

— Como sempre. Super bom.

Ruedi faz uma pausa. O sorriso que eu ouvia pouco antes se desfaz. Não sei por quê. Talvez ele quisesse saber mais sobre o que aconteceu com o Dominique? Talvez ele quisesse um tempinho para decifrar as palavras da minha resposta tão lacônica? Fico um pouco espantado, porque não há nada que ele não saiba a esse respeito. Permaneço mudo. Como não digo mais nada, Ruedi volta a falar e me conta sobre o seu dia de festa nacional.

Diz que ele e a família foram ao campo do Rütli. Que primeiro navegaram sobre o lago dos Quatro Cantões, partindo de Flüelen, a bordo do barco a motor que seu pai tinha alugado. Que o sol estava tão quente que eles precisaram fazer algumas pausas para se refrescar nas águas do lago. E que, ao chegarem lá, na célebre planície do Rütli, onde o Juramento dos Helvéticos foi assinado no fim do século 13 — enquanto nós, bantus, ainda andávamos nus pela floresta ao lado dos animais —, havia muita gente. É normal. Esse campo verdejante e cercado de montanhas de picos nevados é muito visado por políticos de todos os matizes no dia da festa nacional. Cada partido quer reivindicar para si uma porção do Rütli. Todos querem reescrever a história desse pacto tido como fundador. Ruedi diz que a presidente da Confederação discursou diante de uma multidão alvirrubra. De repente, apareceram pessoas vestidas de preto e cabeça raspada que nem a minha. Ele chega a usar o termo Kongôlibôn para falar do cabelo delas, o que me faz rir. Diz que esse grupo deu início a um tumulto e perturbou a serenidade daquele campo mítico. E que a polícia interveio para acalmar os ânimos. No fim das contas, era previsível. Felizmente, continua ele, a ordem foi logo restabelecida. Mais tarde, diz, houve um brunch excelente. E...

— Você pediu dinheiro aos seus pais?, interrompo-o secamente.

— Vou fazer isso.

— Ruedi!

— Prometo.

— Pegue também umas coisas para comer.

— Sua comida típica já acabou?

Ruedi dá uma risada. Essa comida que lhe digo para pegar é só para que ele não morra de fome quando voltar, por se recusar a comer o que vem da minha terra. Euzinho consigo me virar com tudo o que a Monga Míngá mandou. Mas até quando?

IV

A pindaíba bate insistentemente à nossa porta nestes últimos tempos. Eu não achei o trabalho dos sonhos —na verdade, nem ele nem qualquer outro. Apesar dos meus esforços, nada me sinaliza uma mudança real, *cioè*, um emprego à altura das minhas grandes expectativas de recém-graduado. Todas as nossas economias foram zeradas. Ruedi trouxe de sua terra natal um pequeno *gombô*[9] que nos permitiu pagar o aluguel e algumas outras contas. Conseguimos nos virar de novo neste mês, mas por pouco. Afora isso, não nos resta mais muita coisa. Quase nada, a não ser comida da Terra Bantu.

Juntei na mão todos os trocados que estavam espalhados pelo apartamento. Moedas esquecidas aqui e ali, em uma gaveta, no bolso de um jeans, embaixo da cama. Muitas delas amarelinhas,

---

9   Na origem, o termo denota o quiabo ou o guisado feito a partir dele. Na gíria de Camarões, passou a indicar suborno, dinheiro usado para obter alguma vantagem indevida —ou simplesmente uma pequena poupança, reserva de dinheiro.

de cinco centavos, daquelas que ninguém mais quer ter no bolso, as que até os mendigos e outros moradores de rua se dão o direito de recusar.

Como se estivéssemos negociando a partilha de uma herança de bilhões de francos, vamos deliberar longamente para ver o que fazer da nossa fortuna, empilhada diante de nós.

— Onze francos e trinta e cinco centavos, digo, olhando a bagunça de velhas moedas na mesinha da nossa cozinha.

Ruedi enrola um cigarro com a precisão característica. Ele o acende e cospe uma espessa fumaça amarelada que envolve seu rosto ruivo.

— O que a gente vai comer nos próximos dias?, ele me pergunta, e posso sentir toda a angústia que leva na garganta.

— Ainda tem ndolé. Não comemos todo. Também tem mandioca, amendoim e uns biscoitos de semente de abóbora. Dá pra resolver com isso.

Ruedi enrubesce. Percebo que ele não sabe o que dizer. Não consegue entender a situação. Da forma como estamos sentados, se ele abrir a boca, vai se compadecer tanto do nosso infortúnio que vai acabar choramingando que nem um garoto largado pela mãe. E se eu abrir a minha, talvez seja forçado a propor planos de austeridade drásticos que também o farão chorar. Bem, não quero que ele chore. Na verdade, ele não tem do que se queixar: eu acabei de conseguir um estágio de três meses que vai nos ajudar a segurar as pontas por algum tempo. Já é um começo. Pelo menos, durante esse período, não vou mais precisar ir falar com a atendente da agência de empregos, que, de toda forma, não consegue mesmo me ajudar.

— Vai lá fumar um pouco, digo a Ruedi. Vai passar! A gente vai sair dessa. Vai!

— Desde quando você acredita em milagre, hein?

A TRINDADE BANTU   29

— Zambi só rascunhou o homem. É aqui na Terra que cada um se cria de verdade.

— Lá vem você com seus provérbios estúpidos.

Faz-se o silêncio. Olho pela janela e vejo de novo as bandeiras que decoram o prédio da frente e que me fazem pensar na minha, que eu escondo sob a minha vergonha secreta.

— Vai ficar tudo bem, eu digo. Tenho certeza. Vai ficar tudo bem. Basta lutar.

— Você acha de verdade que a gente aguenta até você receber o primeiro pagamento do estágio, no fim de setembro? São quatro longas semanas ainda. Percebe o que eu tô dizendo? Quatro semanas!

— O que eu sei é que não vamos morrer de fome. É só você começar a comer saka saka[10] e bastões de mandioca.

— Quem, eu?

— Ué, quem mais?

— Mas...

— Mas o quê? Eu por acaso não como fondue e tempero suíço?

Ruedi abaixa a cabeça. Meu argumento talvez não seja muito óbvio, mas ainda assim é válido. Tanto que o meu companheiro fica sem resposta. O silêncio se funde à fumaça dele e dá um clima estranho à cozinha. Ruedi parece atônito. Ele fita a montanha de moedas. Olha-as fixamente, esquadrinha-as. Pergunto-me o que ele busca ali. Seja o que for, o que ele vai achar é o que está começando a nos impregnar. Fico à espera de que ele diga se enxerga algo além da pobreza. Mas ele fica mudo. Suas bochechas magras coram ainda mais. Em seu rosto, eu percebo alguma coisa

---

10   Prato da África central e do oeste, feito com folhas de mandioca, azeite de dendê ou leite de coco, berinjela, pasta de amendoim e peixe ou camarão.

que poderia ser a derrota, o fracasso mas também a amargura ou a comiseração.

Como ele, Ruedi, filho único da venerável família Baumgartner, pode estar nessa situação? Seus pais estão a par? Será que ele teve coragem de dizer a eles a verdade sobre a sua situação, sobre a nossa situação, da última vez que os viu, no campo no campo do Rütli? Eu acho que não.

Ruedi diz que não gosta de pedir. Muito menos aos pais. Não quer que eles nos ajudem. Ele diz que não quer incomodar ninguém. Alguns dias atrás, pouco antes de viajar para a casa dos pais para a festa nacional, ele me falou, não sem certo orgulho, da sua recusa categórica em pedir-lhes dinheiro. As pouquíssimas vezes em que eles nos mandaram um *gombô* módico foram aquelas em que fiz tanta pressão sobre o Ruedi que ele terminou cedendo. Nessas ocasiões, sorrindo, os pais lhe dão um envelope. Eles parecem contentes de poder nos ajudar. Dizem para não hesitarmos em pedir mais uma vez, se for preciso. Eu sorrio e faço questão de falar que nós certamente vamos pedir ajuda a eles de novo, porque estamos muito precisados. Seus pais se espantam um pouco com a minha resposta. Riem meio contrariados. Mas me estimulam a pedir, sim. Ruedi me encara como se eu tivesse levado um tombo na frente de todo mundo. Eu vou reembolsar vocês, com certeza, ele então promete.

Nesta manhã, na cozinha, Ruedi parece sentir medo. Sente medo por si mesmo, por nós. Ele tem medo do que pode nos acontecer. Do que já nos está acontecendo. Não é hora de martelar o que eu peguei o costume de dizer a ele desde que deixei de trabalhar na Nkamba African Beauty. Fico repetindo que, se ele não quer pedir a assistência dos pais, precisa trabalhar. Um bico qualquer. Um trabalho para estudante, por exemplo. Garçom em um bar-restaurante, telefonista, professor particular. Isso dá para conseguir. Ele responde sempre balançando a cabeça, como se

A TRINDADE BANTU

quisesse escapar da minha insistência. Diz um sim sem convicção. Sim, vai fazer isso. Sim, já está fazendo. E então, o vazio. Nada, nada mais. Nada que me faça pensar que ele está buscando o que quer que seja. Quando não está na universidade, é diante do computador que ele passa os dias. De uns tempos pra cá, ele usa um argumento bombástico pra me fazer calar a boca. Ele me lembra, logo a quem, que é difícil achar um emprego. Você, mais do que qualquer pessoa, deveria me compreender, dispara ele. É óbvio que o entendo. Não tenho escolha. Mas quando eu digo que, apesar de tudo, ele poderia se esforçar mais, ele põe a culpa nos frontaleiros.[11] É essa francesada que rouba nossos empregos. Ele diz isso sem acreditar muito no que fala, mas diz ainda assim. De toda forma, não é nem de longe o único em meu círculo a fazer declarações desse tipo. O sr. Nkamba falava a mesma coisa. Ficava matracando isso o dia todo, e com um ódio tão palpável que eu me perguntava se ele não acabaria desejando a construção de um muro para separar os Eidgenossen legítimos como ele desses parasitas estrangeiros. É tanta gente que murmura ou mesmo grita isso ao meu redor que, mesmo que eu não diga nada a respeito, fico me perguntando ainda assim: e se eles tiverem razão?

Ruedi pega todas as moedinhas de cinco centavos. Conta tudo de novo, como que para garantir que eu não fiz conta errada. Confirma a soma: onze francos e trinta e cinco centavos.

Proponho dividirmos meio a meio. Ruedi diz que não. Não vai me servir nem para comprar um maço de cigarros, ele argumenta. O que a gente faz então com isso, pergunto a ele com o meu olhar.

---

11   O termo *frontalier* designa pessoas que moram em regiões fronteiriças, sobretudo trabalhadores que passam diariamente para um país vizinho a fim de desempenhar suas funções.

Ele suspira, abaixa a cabeça. Passados alguns instantes, capitula. Fingindo termos chegado a um consenso, decidimos fazer de mim o herdeiro de todo esse *gombô*. Posso fazer dele o que eu quiser. Eu me dou conta do sacrifício que Ruedi acaba de fazer. Prometo a mim mesmo não decepcioná-lo. E então penso que a culpa por estarmos nessa situação é dele. Só precisa aceitar o *gombô* que os pais estão oferecendo. Ele sempre recusa. Não. Ele só recusa quando eu também vou usar o dinheiro...

Decido comprar um cartão telefônico para ligar para a minha mãe lá na Terra Bantu. Vou até uma lojinha do bairro. «LycaMobile ou Lebara? — Lebara. Dez francos, por favor.» Com o que sobrou, um franco e trinta e cinco centavos, pego umas balinhas pra adoçar minha boca tão insípida, amarga.

Ao chegar em casa, telefono para a minha mãe. Não sei bem o que lhe dizer. Não vou pedir que me mande de lá um *gombô*, isso é certo. Seria uma vergonha. Também não vou contar que eu e o meu companheiro só vamos conseguir atravessar os próximos dias graças ao carregamento de comida que ela me mandou. Aí seria vexame ao quadrado. Tampouco vou falar que acabei de consumir toda a nossa fortuna só para ouvir a voz dela.

Vou ter que mentir. Vai ser melhor para todo mundo.

Vou dizer a ela que está tudo bem. Que eu estou feliz. Ou até muito feliz. Vou dizer coisas inverossímeis: por exemplo, que logo vou mandar pra ela uma bolada de grana. Que eu encontrei há pouco um trabalho muito bem remunerado em uma organização de cooperação internacional de Genebra. Que eu não demoro a comprar um casarão nas margens do Leman ou um chalé nas alturas de Davos. Que eu irei visitá-la na Terra Bantu todo mês, ou mesmo todo fim de semana, se ela assim desejar. Vou contar até que o meu companheiro está com a menstruação atrasada há várias semanas e que vai dar à luz em breve uma criança linda. Que ela terá a honra de ninar o primeiro pequerrucho nascido biologicamente de dois pais. Que ela poderá levá-lo à escola, cozinhar para ele um prato de mandioca com azeite de dendê, cantar as cantigas bantus e narrar as fábulas alpinas do cantão dos Grisões que ela não conhece.

— Daqui a alguns dias, começo um estágio, acabo dizendo ao telefone.

— Ah, Zambi! Você não tinha me falado nada. Você gosta de brincar de esconde-esconde com essa mãe, né?

Mamãe tem a voz rouca.

— Para com isso. Não tem nada de esconde-esconde. É só um negocinho de três meses.

— Seja como for, que Zambi seja louvado! Você deve estar contente. Tá vendo? A paciência compensa. Basta rezar. Zambi, Elolombi e os Bankokos sempre ajudam seus pobres filhos.

— Isso aí.

Minha mãe segue falando de Zambi, Deus Pai. De Elolombi, deus dos espíritos que vagam sobre nossas almas, entre o céu e a terra. E dos Bankokos, os Ancestrais que velam por nossas vidas e respondem a nossos mais profundos desejos. «Isso aí», «assim seja», continuo a responder mecanicamente.

— Depois desse estágio, Zambi vai te ajudar a achar um trabalho de verdade e bem-remunerado, ela diz.

— Arrã.

— A gente diz «amém», fala, me corrigindo.

— Amém.

Fui contratado como estagiário em uma ONG pequena que luta contra a discriminação racial... ops, digo, a discriminação ligada às origens —e pela promoção da diversidade. Acho que me chamaram porque me enquadro em todas as cotas deles, como a da raça. Não importa, diz minha mãe no telefone, o que vale é que eles tenham te contratado. De toda forma, ela conclui, quem não tem cão caça com gato.

O que eu vou fazer nessa associação? Escrever cartas de todo tipo para os parceiros fixos e potenciais da ONG. Devo escrevê-las, imprimi-las e deixá-las na mesa da diretora, a sra. Bauer, cuja visão o tempo e as muitas lutas como ativista indignada acabaram cansando. Ela não aguenta mais ler em telas, sejam elas quais forem. E ainda menos em telas de computador. Essas coisas todas de hoje em dia são para jovens, ela me disse quando nos encontramos pela primeira vez. Com suas mãos calejadas, ela tirou da bolsa sua mais recente novidade tecnológica: uma lupa.

Filha de um banqueiro de Zurique, a sra. Bauer cresceu na chiquérrima grã-fina Goldküste, à beira do lago da cidade. Ela sempre diz que foi em Genebra que conseguiu encontrar liberdade de viver, mas sobretudo liberdade para lutar. Lutar é o termo que sempre volta à boca de «la Bauer», uma senhora bonita de modos rebeldes. Talvez seja o único traço de sua personalidade que o tempo não conseguiu dilapidar. Senhora Bauer, a rebelde. Ela continua vestindo todas as cores, mas sobretudo verde, em todas as suas tonalidades: é o estereótipo da ativista ecológica de primeira hora. O que ela de fato é. Ela exibe com vigor o seu vegetarianismo estrito. Não para seguir a moda, ela salienta sempre que pode, mas sim por uma convicção que já dura mais de 40 anos. Bem antes da Brigitte Bardot, arremata.

Mas, por baixo da couraça, entre as linhas de suas rugas profundas e a delicadeza camuflada de seu gestual rebelde, consigo ler com facilidade que ainda lhe resta certa dose de burguesia da qual ela gostaria de se ver livre. Tirando esse lado ecologista-caviar, ela tem outras características marcantes. Em nosso primeiro encontro, por exemplo, o que mais me chamou atenção nela foi a sua voz rouca. Uma voz muito rouca, em contraste total com sua corpulência ínfima. Uma mulher tão miúda com uma voz tão viril. Talvez seja o efeito do cigarro e do álcool que ela consome. São seu único alimento. A maconha também.

A TRINDADE BANTU

35

Na ligação dessa noite para a minha mãe, uma coisa me marca em sua voz. Ela parece ainda mais rascante do que a da minha futura chefe no estágio. Normalmente, minha mãe não tem esse timbre de lobo. Sua voz é suave, melódica. Deixo pra lá a preocupação e, ingenuamente, ponho a mudança vocal na conta da emoção que ela sentiu depois do que eu tinha acabado de contar.

— E você, como tá?, pergunto a ela.

— Ah, tô aqui, né? Só preocupada com essa dorzinha de garganta.

— Tava achando que tinha mesmo alguma coisa.

— Mas não é nada grave. Só um incômodo bem leve aqui na garganta. Quando ele se cansar de me amolar, vai chispar pra longe. Fica tranquilo.

Em nossa pequena etnia, lá na Bantulândia, não é bom —mas não mesmo!— ter dor de garganta, ou pior, adoecer a ponto de perder a voz. É mau agouro. Significa que os deuses não estão mais com você. Nossos deuses teriam largado Monga Míngá? Será que Zambi se recolheu a seus céus altaneiros, deixando Monga Míngá nas mãos de espíritos do mal? Elolombi, o deus que protege nossas almas, não reconhece mais a alma da minha mãe? E os Bankokos, nossos ancestrais, estariam tão insatisfeitos com Monga Míngá que teriam chegado ao ponto de lhe arrancar o fôlego, a voz? Estariam enfurecidos com ela a ponto de deixar um espírito das trevas fazê-la engolir micróbios enquanto dormia?

Percebo que a dor em sua garganta angustia minha mãe. Ela tem vergonha disso.

— Foi ao médico?

— Deixa isso pra lá. Já te disse que é uma dorzinha besta que logo vai embora.

— A mulher que esconde sua gravidez morre por causa do bebê.

— Quem disse que eu estou com vergonha?

— Você precisa ir ao médico.

— Ué, mas eu já fui!

— E então? O que ele disse?

— Você conhece os médicos daqui. São uns incompetentes.

Ela me conta já ter se consultado com vários médicos. Tudo à toa. Os doutores da Terra Bantu não sabem nada da medicina «de verdade» dos brancos, ela sustenta. Alguns diagnosticaram uma bronquite ou uma faringite, ou até uma simples angina. Outros falaram em encolhimento do esôfago. Ela me conta então que, recentemente, esteve em uma clínica para gente com dinheiro e que ali lhe disseram que se tratava provavelmente de um tumor na garganta. Nada a ver! Ela se ofende. Tumor? Câncer? Ela fica se perguntando com a voz catarrenta. E então dispara: Mas são doenças de rico! Isso aí é tudo doença de branco. Como uma pobre bantu como eu vai padecer de câncer?

Monga Míngá continua a falar. Ela está com bastante raiva do sistema de saúde bantu, que diagnostica câncer, por excelência uma doença de rico, em pacientes indefesos da Terra Bantu. É sério isso?, ela me pergunta. É feitiçaria!, empolga-se. Os doutores de hoje só têm isso na ponta da língua: câncer. Se não é câncer, é Aids. Câncer ou Aids. É o que lhe dizem, mesmo que aquilo certamente seja só uma malariazinha. Então, eles precisam relegar a medicina do branco aos brancos e voltar à medicina tradicional da nossa terra.

Minha mãe se queixa. De novo e mais uma vez. Diz já ter comprado muitos remédios. À toa. Ela parece desanimada. Diz que os remédios a aliviaram um dia, mas que a dor voltou mais forte no dia seguinte. Em quem confiar? Cada um conta o que vai pela cabeça dele e embolsa um punhado de *gombô*. Tô cansada de gastar *gombô* pra nada. Esses doutores são uns ladrões. Ela então berra no telefone: são todos uns ladrões! Afasto o aparelho do meu ouvido, mas sigo escutando sua angústia.

— Neste momento, como você se sente?, pergunto a ela.

— Estou feliz por você, meu Mwána. O seu estágio vai lhe abrir portas.

— Não. Tava falando da sua garganta.

— Ainda tô com um pouco de dor, mas Zambi ouve as nossas preces. Ele vai acabar com a maldade dos nossos inimigos.

O espetáculo de fogos de artifício acaba de começar na enseada. O barulho alcança a minha casa e atrapalha a conversa com Monga Míngá. De todo modo, preciso interromper a conversa se tiver a intenção de voltar a usar meu cartão telefônico.

Depois de desligar, várias imagens desfilam na minha cabeça. Vejo mamãe em um leito bambo e enferrujado, num hospital do país bantu, sufocando por causa de um encolhimento de seu esôfago. Ou seja, eu a vejo com outros 20 pacientes em uma sala de cuidados paliativos. Cada um confronta a morte com os recursos que tem. Eu a vejo definhar devagar, bem devagarzinho, sem que eu possa estar a seu lado para oferecer as devidas beijocas. Imagino-a ali, deitada sobre um colchão esquálido, toda encolhida, pálida, muito pálida, os olhos esbugalhados e perdidos, o corpo frágil e afinado. Essas imagens me perturbam de um jeito...

Ruedi está parado atrás de mim. Põe a mão sobre o meu ombro. Com certeza ouviu minha conversa com Monga Míngá. Confirmo a ele que ela está doente. Ela deve estar muito doente, eu digo. Mas não é grave, eu emendo. Quer dizer, não se sabe se é ou não grave.

Ruedi me abraça. Lá fora, um fogo de artifício estoura com estrondo. O cheiro de enxofre machuca minhas narinas. Expiro com força.

Enquanto Ruedi me acaricia as costas, tento engolir minha saliva. Tento fazer isso para imaginar o sofrimento que acomete a minha mãe. Deve ser aqui, ou aqui, ou ainda aqui. A garganta é comprida, parece. O esôfago? Que que é isso mesmo? Onde fica? Aqui ou aqui? Só sei que está em algum lugar dentro da garganta.

Talvez na altura do pomo de Adão? Claro que não. Na Terra Bantu, dizem que as mulheres não têm esse pomo de Adão. Minha mãe talvez tenha a mandioca de Eva, mas de certo não o pomo de Adão.

Ela poderia vir se tratar aqui, palpita um Ruedi de repente iluminado. Olho para ele por um bom tempo, e então respondo: acabei de comprar um cartão telefônico Lebara com todo o dinheiro que nos restava.

V

O que impressiona de saída na sala de espera é... como dizer? É sobretudo... eu diria, o silêncio. Aquele tipo de silêncio que não expressa nem o luto, nem a fome, nem mesmo a necessidade. Parece que está tudo bem. Dá até para se perguntar o que aquelas pessoas, afinal de contas, vêm fazer ali. Será que vêm ler jornais gratuitos que as informam com sarcasmo que a taxa de desemprego está em queda permanente, enquanto eles ainda não conseguem arranjar nadica de nada, nem um trabalho de titica? Será que vêm ler revistas recheadas de propagandas do tipo Gucci--Dior-Chanel com produtos que elas nunca poderão consumir, nem mesmo em sonho? Será que vêm consultar comunicados pregados no mural que elas já viram e reviram mil vezes em outros lugares, sobretudo na internet? Ou então apenas rever o eterno sorriso pré-fabricado do atendente pago para lembrá-las, entre duas pantomimas inquisitivas, que elas não se esforçam o bastante para sair daquela situação?

O silêncio. A impaciência. Há um sujeito estranho ali, bem ao lado da porta que dá para as salas dos atendentes. Talvez chegue logo a sua vez. Ele está super apressado. Parece incomodado.

Nervoso. Ele não quer ficar ali nem mais um segundo. Olha ao redor como se tivesse medo de ser reconhecido. Ele deve ter vergonha. Tenho vontade de lhe dizer que quem está com diarreia não tem medo da escuridão.[12] Mas será que essa é a minha função aqui? Deixo-o em paz.

O silêncio. A impaciência. A distância também. Um moleque com acne no rosto tem as orelhas emparedadas por fones gigantescos. Ele dança com a cabeça. Deve ser rap. Pergunto-me que raios ele faz ali. Na sua idade, ainda se mama no peito da mãe. Será que estou aqui para isso, para ele? Deixo-o em paz. A seu lado, uma morena com um casaco de pele alaranjado parece muito empenhada em observar algo na tela de seu iBook azulão. Queria ter perguntado a ela se faz parte dessa categoria de novos pobres que se agarram aos últimos artefatos de uma vida pregressa gloriosa. Mas estou aqui para isso? Também resolvo deixá-la em paz. Colado a ela está um homem com a barba por fazer, cabeleira branca e olhar confuso. Apesar disso, está alinhado e engravatado. São certamente vestígios de uma outra época, como no caso da moça do iBook. Ele deve estar perto dos 60 anos. Seus olhos tenebrosos estão vidrados em um canto do carpete da sala de espera. O que ele olha ali? Nunca saberei. Ele está em outro planeta. Longe. Bem distante em seus pensamentos. Nem o toque de um telefone no recinto o faz piscar. Nem a gesticulação sem fim do sujeito nervoso que some apressado quando o atendente vem buscá-lo o faz mudar de posição. Em seu rosto, consigo medir o alcance do seu desespero. Sua história talvez seja a do empreendedor que caiu até o fundo do poço, os pés enlameados chegando no petróleo. Ou

---

12   Trata-se de um provérbio conhecido na África francófona, provavelmente originado na Costa do Marfim.

A TRINDADE BANTU

41

também a de um pai de família que o acaso atordoou. Não sei de nada. Tudo o que posso fazer por ele é deixá-lo em paz.

Toda essa atmosfera arranha a minha garganta. Tusso alto. Alguns pares de olhos me encaram. O constrangimento ataca a minha barriga. Minhas axilas começam a pingar. Para me descolar de todos esses olhares voltados para mim, penso na minha mãe. Pergunto-me como ela estará nesta manhã. Queria saber se a conversa que tivemos ontem fez a sua dor de garganta diminuir um pouquinho que seja; ou se ela segue arrastando na garganta essa voz ainda mais estranha do que a da senhora Bauer. Tusso mais uma vez. Tenho medo que o meu esôfago encolha. Que que eu tô falando? Sou besta demais.

Não tenho tempo de ficar pensando na minha garganta ou na da minha mãe, porque um homem sai da sala da minha atendente--conselheira. É o terceiro escritório à esquerda naquele corredor. Dá para vê-lo da sala de espera. O homem de saída está enfurecido. Tão furioso que parece um louco. Ao deixar a sala da minha conselheira, bate a porta com estrondo. Todo mundo leva susto. O cara da barba por fazer também dá um pulo. Até que enfim! O moleque do rosto com acne tira o fone das suas orelhonas de coelho. A moça do iBook desvia os olhos do aparelho. É o fim do modo silêncio-impaciência-distância que nos ligava até então. Tem início um burburinho como o de uma colmeia. O cara enfurecido dá socos nas paredes, e depois nas portas. Fuck you! Fuck off!, ele grita. Fuck essa bosta de sistema de merda! Merda do cacete! O murmúrio se espalha pela sala como uma epidemia. As pessoas fingem cochichar algo no ouvido dos vizinhos, mas, na verdade, é a si mesmas que estão se dirigindo. Ele está certo, vejamos. Fuck! —pude ler nos lábios da moça do iBook. Seu rosto está tão empetecado que, se eu fosse patrão, nunca a teria contratado para o meu negócio. Ok, mas a sua reação foi desproporcional, impacienta-se outro senhor, parecido com um síndico malquisto.

Não vão dar prosseguimento à solicitação dele, isso é certo!, tasca o vizinho dele. Estamos todos de acordo: a coisa tá feia para ele. Os olhares passeiam, se cruzam, se tocam, se esquivam, se desculpam, até fugir para se deitar em conjunto sobre o desviante. A ovelha negra. Aquele que, por seu comportamento, parece dar uma razão à presença de todos nós aqui.

Nossos olhos seguem o homem-fúria até o corredor comprido, na saída da sala. No elevador, o louco dá um soco no espelho. Fuck! O estouro. Ele conseguiu quebrar o espelho. Estupefação. Todos de pé. Pânico. Os caras da segurança chegam. O que estamos assistindo é algo totalmente inédito!

Eu sempre me perguntei por que tinham posto essa porra de espelho nesse elevador. Veja-se aqui. Sim, você! É com você que eu estou falando. Vai, dá uma olhada aqui. Percebeu como você é? Sacou como você é um bosta? Bosta! Você não presta para nada. Você acha de verdade que vai conseguir sair dessa? Ah, tá, ok! Se você está dizendo, beleza, vamos ver! Vai, sai logo daqui, idiota! Chispa! Anda, vai embora! Imprestável. Você é imprestável. Imprestável! O eco dessa frase ressoava em minhas têmporas toda vez que eu descia desse elevador. Você é imprestável! Acho que o louco também ouviu do espelho todos esses xingamentos e que não gostou muito do tom insolente desses dizeres. Então, quebrou a cara dele.

Pouco tempo depois, a minha conselheira apareceu, inabalável, o sorriso cuidadosamente guardado entre os lábios. A máscara tinha voltado ao seu lugar. Ela chegou perto de mim e me estendeu sua mão glacial. Como de costume.

Minha conselheira é uma mulher baixinha, da altura de três mangas equilibristas. Há margarina em excesso em seu corpo. Seu rosto engordurado e seu queixo triplo atestam isso. Ela deve ter margarina até no quadril e na poupança. Três fios de cabelo louros brincam de pula-sela sobre sua cabeça. Sempre me pergunto

A TRINDADE BANTU   43

porque ela não manda logo um Kongôlibon como eu. Uma cabeça raspada sem dúvida lhe cairia melhor do que esses três pelos que ela teima em juntar.

Apesar da máscara, dá para ver bem as marcas do que ela vem de atravessar. Ela está morrendo de vergonha. Humilhada. Morre de medo também. Ela está rígida. Dura como gelo.

Em seu escritório, ela se acomoda atrás do computador e limpa a garganta com um pouco de água. Consulta o meu cadastro, cruza as mãos sobre a mesa e me encara.

— Sou toda ouvidos, dispara.

— Queria lhe contar que encontrei um estágio.

— Ah, é? Parabéns!

É estranho: fico feliz em perceber que a notícia parece devolver vida a essa mulher.

— É remunerado? Em tempo integral?, pergunta-me ela.

Digo que sim. Conto como consegui esse estágio. Foi um conhecido de um conhecido do noivo de uma colega de trabalho da minha irmã Kosambela que me indicou o endereço de lá. Bom networking, comenta ela. É mais uma camaradagem, eu retruco. Ela permanece impávida ao ataque. Acabou de ter um combate renhido. Prefere mostrar-se feliz por mim.

— O que vai acontecer agora com o meu cadastro?

— Vamos arquivá-lo.

— Vou entrar para as estatísticas de sucesso, então.

— Não se deve enxergar as coisas assim, senhor Mwána. Se você encontrou um estágio remunerado e em tempo integral, não vejo por que deveríamos manter seu cadastro ativo.

— Mas é só por três meses o estágio.

— Vamos fechar, porém, enquanto esperamos.

— Eu não recebi qualquer apoio de vocês.

— Por favor, diz ela com uma ponta de exasperação, não vamos recomeçar.

Nessa hora, ela volta ao seu natural. A máscara cai.

— Por outro lado, eu lhe aconselho a continuar procurando trabalho, ela arremata.

À noite, no telefone, não deixo de contar o ocorrido à minha mãe, cuja voz continua tão rouca quanto na véspera. Faço uma ótima triagem do que vou lhe dizer. O incidente entre a minha conselheira e o homem colérico é ideal. Zambi não podia mesmo deixar essa mulher arruinar as pessoas assim, sem fazer nada, diz a minha mãe. Você não imagina o quanto eu me diverti, minto eu. Rimos. Esquecemos nossos problemas por um instante. Então, Monga Míngá muda o registro. Ela diz achar que eu reclamo um pouco demais. Aliás, um poucão demais. Acha que eu talvez seja meio pessimista. Que é preciso manter a esperança. Que é preciso seguir procurando. Até porque, ela completa, passarinho que acorda cedo bebe água limpa.[13] É isso aí, essa é a verdade verdadeira, respondo eu.

Minha mãe continua me enchendo de conselhos. Ela me lembra que alguns meses de desemprego, mesmo sem remuneração indenizatória, não são o fim do mundo. Na Terra Bantu, exemplifica, acontece de funcionários públicos ficarem anos sem salário. Como é que eles vivem? Vivem como os pássaros no céu: não semeiam nem colhem, não guardam nada no celeiro... e no mais, prossegue minha mãe, não é verdade que você acabou de encontrar uma vaga de estágio? Então, pra que reclamar?

Enquanto Monga Míngá fala, eu me preocupo mais com a sua voz estranha do que com o que ela diz.

---

13 No original, o ditado popular é «la poule qui fouille ne dort jamais affamée» (a galinha que vasculha nunca dorme com fome), também uma apologia do trabalho.

VI

Não é Mireille Laudenbacher, a secretária faz-tudo da senhora Bauer, quem vem me abrir a porta neste dia. Ela estava de novo enrolada numa barafunda administrativa para evitar a eutanásia de seu cachorro. Enquanto isso, a situação aqui é delicada, me diz a senhora Bauer, apagando o cigarro cuja última baforada ela acaba de soltar.

Eu a acho muito elegante. Um vestido florido azul-turquesa toca sua panturrilha e deixa ver seu collant rosa-cereja. Um par de sapatos marrom, de talão baixo, vintage dá a ela um ar de dançarina de sapateado. Uma jaqueta de lã reciclada cobre seus ombros. Ela veste um chapéu de feltro de lã vermelho com um broche oval de motivo floral na lateral.

Ela deixa que eu me acomode exatamente no mesmo lugar em que eu havia sentado da primeira vez que nos vimos. Em um gesto de grande desenvoltura, serve-se de uma xícara de chá verde e nela molha cuidadosamente os lábios. Deixa no objeto uma marca vermelha. Acende de novo um cigarro. Ah, me desculpa —ela me trata como «você». Você quer um café? Um chá? Faço que não com a cabeça. Ela me sorri com ternura, ajeitando seu chapéu. E se acomoda bem ali, na minha frente.

Um telefone toca. É o da mesa de Mireille Laudenbacher, do outro lado do cômodo. Serelepe como uma adolescente, a senhora Bauer empurra sua cadeira de rodinhas para trás e atende. Oh, meu querido amigo Khalifa!, exclama de um jeito teatral. Enquanto ela conversa com o seu caro amigo Khalifa, eu me levanto da minha cadeira e decido passear pelo recinto em que estamos. Ali, vejo um cartaz do movimento Nem Putas, nem Submissas. Nele aparece a imagem de uma garotinha com a cara fechada. Lá embaixo, a inscrição «quando uma menina cresce, ela vira uma mulher, não uma puta». Ou ambas, penso, sorrindo. Prossigo minha inspeção silenciosa. Vejo muitos cartazes. Tem um que diz «não ao racismo». Outro incita os países ricos a destinar 0,7% de seu PIB para auxílios ao desenvolvimento do Sul. Um pôster lá naquela quina diz «chega de violência conjugal!». Outro ainda mostra duas mulheres muito contentes com o seu filhote. Todos disputam entre si no quesito originalidade. Mas há outro cartaz, do outro lado, bem atrás da sra. Bauer, que chama um pouco mais minha atenção. Nele se veem ovelhas nas cores do arco-íris enxotando de um cercadinho vermelho com uma cruz branca uma ovelha do Movimento Nacional Libertador (MNL). Eis os dizeres: «Nós não somos ovelhas». Eu sorrio. É uma paródia do «cartaz da ovelha negra» que eu tinha visto pela primeira vez em julho passado, em Lugano.

Retomo o meu lugar na mesa da sra. Bauer. Uma pilha selvagem de papel assentou acampamento ali. Aqui, bem ao lado da papelada, fica um grande cinzeiro que não deve ter folga. A sra. Bauer fala tão alto ao telefone que se poderia acreditar que ela está tendo uma discussão com seu querido amigo Khalifa. Ela me parece brava. Ou melhor, revoltada. Logo acaba a conversa ruidosa pontuada de «que escândalo!» e «é inaceitável!».

— Mwána, diz ela, ao desligar.

A TRINDADE BANTU 47

— Sim...

— Eu escrevi um comunicado para a imprensa. Você pode enviá-lo a essa lista de contatos?

— Onde está o comunicado?

— Bem aqui, em cima da mesa.

É um comunicado de imprensa escrito à mão. Ele se distingue facilmente da pilha de papéis que tenho diante de mim. Enquanto pego a folha que eu vou passar para o computador antes de enviar por e-mail para uma multidão de jornalistas, a sra. Bauer continua falando. Segue com seus «que escândalo!» e «é inaceitável!». Que escândalo são essas campanhas de material gráfico, ela diz. Tudo isso única e exclusivamente para ganhar votos. É puro populismo! É desonesto! Ela se indigna. Mas nós não vamos deixar isso passar batido, avisa ela. Enquanto ela vai falando, eu vou me inteirando do comunicado, intitulado: «Ovelhas arco-íris: abaixo a xenofobia!». Percebo que a sra. Bauer, seu caro amigo Khalifa e também vários outros estão preparando uma manifestação em Lausanne, no próximo dia 18 de setembro, para mostrar sua contrariedade em relação ao cartaz da ovelha negra.

— O que você pensa disso, Mwána?, pergunta-me a sra. Bauer.

A pergunta me pega de surpresa.

— É inadmissível, eu digo.

— Isso é racismo, não é?

— Com certeza.

Minha chefe de estágio escolhe mudar rapidamente de assunto diante do laconismo das minhas respostas. Ela me conta como funciona sua associação. Fazem isso, fazem aquilo. Normalmente, trabalham no máximo meio período. Não têm recursos para se permitir um nível de atividade maior. Também vale dizer que a idade começa a lhe aprontar das suas. Ela não consegue mais lutar como antes. Mas agora, com a história do cartaz da ovelha negra, a situação é difícil. Por isso, ela pensa em trabalhar em tempo integral ao menos até as eleições federais. Algumas almas caridosas lhe deram suporte financeiro. Ela me diz trabalhar arduamente pelo sucesso dessa luta. Que as gerações mais jovens são menos engajadas do que a dela. Olha, eu fiz foi coisa nesta minha vida, viu?, ela diz com um sorriso cheio de nostalgia. Conta que já estava presente nos primeiros combates ecológicos, contra a energia nuclear e as outras loucuras dos homens. Os mesmos homens que se achavam tão inteligentes, tão engenhosos que não queriam dar o direito ao voto a ela, mulher. Às mulheres. E ELES chamavam de sufrágio universal seu voto?, questiona, com ironia. Ela lutou como uma doida contra a Guerra do Vietnã, contra a ocupação dos países africanos, contra a Iniciativa Schwarzenbach,[14] contra o regime do apartheid na África do Sul. Ela faz uma pausa. Solta uma nuvem grossa de fumaça. A Iniciativa Schwarzenbach!, exalta-se, com a voz rouca que me atravessa. Ela parece nervosa. Mas então se calma. Um silêncio supereloquente. Eu não sei o que comentar. Ela pega outro cigarro, mas logo o larga. Que tristeza! Nada mudou de verdade.

Ao meio-dia, a sra. Bauer vai almoçar com o seu caro amigo Khalifa. Ela promete que vai apresentá-lo a mim um dia. É um sujeito muito bacana, diz ela.

Não sinto vontade de ir passear pela cidade durante a minha pausa. Isso gastaria minha energia à toa. Só aumentaria a minha fome. Fico então no escritório. Tédio. A certa altura, ligo para

---

14 A Iniciativa Schwarzenbach foi uma mobilização xenofóbica lançada pelo então conselheiro nacional (equivalente a um deputado federal no Brasil) James Schwarzenbach na Suíça, em 1968. Dois anos depois, a proposta de limitar a 10% a proporção de estrangeiros na população total do país foi a voto. A ideia foi rejeitada por 54% dos participantes do referendo.

minha irmã Kosambela. Quero contar sobre o meu primeiro dia no estágio. Ela não me deixa completar nem duas frases. Diz que está sem tempo, que ela ainda não está em horário de almoço. Mas me sopra de passagem uma notícia: talvez exista uma forma de trazer Monga Míngá para a Helvécia para receber tratamento. Quê?, pergunto, sem acreditar. Ela desliga.

A sra. Bauer passa a tarde entre o telefone e a papelada. Ela acerta detalhes de organização da manifestação. De meu lado, fico me inteirando melhor das principais pautas e temas da associação. Mergulhado nos arquivos, entendo a razão de ser do cartaz polêmico. O partido MNL deseja mandar de volta para casa todos os criminosos estrangeiros, as famosas ovelhas negras. Navego no site da ONG da sra. Bauer na internet. É claro que existe um site. Ele reflete os recursos financeiros da organização. Deve ser obra da Mireille Laudenbacher, uma mulher de outra geração, pouco afeita à informática. Leio os comunicados para a imprensa redigidos por minha chefe. O tom é sempre o mesmo: muito engajado, assertivo, inquisitivo, quiçá peremptório. Em nome de sua associação e do alto de sua vasta experiência como militante dos direitos humanos, a sra. Bauer se posiciona sobre vários assuntos, da luta contra o racismo à batalha pela igualdade entre mulheres e homens. Há também as questões da homofobia, das relações Norte-Sul, do aborto ou ainda da condição da mulher em famílias monoparentais. Ela está em todas as frentes.

Vai dar quatro da tarde. A sra. Bauer diz que eu posso ir pra casa, se quiser. Diz que eu devo me sentir livre. Aqui, somos livres, ela afirma, girando sua cadeira. O importante é que o trabalho seja feito.

Em casa, conto a Ruedi sobre o meu primeiro dia de estágio. Digo a ele que é incrível. Que a sra. Bauer é uma mulher apaixonante, engajada, muito firme apesar de sua idade. Falo da manifestação que ela está organizando em Lausanne no próximo 18 de setembro.

— Que legal!, ele se empolga. Essa senhora deve ser bacana.

— Tudo o que ela fez na vida foi isso: lutar. Deve gostar disso. Hoje, ela me pediu que enviasse o tal comunicado a um monte de jornalistas.

— É pra valer, então.

— Claro!, respondo, enquanto tiro os sapatos. Só espero que ela consiga segurar a raiva até o dia do protesto.

Ruedi diz que precisamos de pessoas como a sra. Bauer para fazer as cabeças evoluírem aqui neste país. Lembro que ele se opõe aos *frontaliers*.

— Mas roubar o emprego dos outros é crime mesmo, afirma ele.

— Ah, então temos que mandá-los de volta para a casa deles?

— Não sei. É o povo que vai decidir.

Ruedi se cala. Nunca se convenceu desse discurso, o que não o impediu de reproduzi-lo.

Estou deitado na cama. Minha barriga canta. Pergunto a Ruedi se não temos uma coisinha pra comer.

— Ainda tem uns bastões de mandioca no congelador, ironiza ele.

— As batatas que você trouxe da casa da sua família da última vez já acabaram?

— Quais batatas?, devolve-me ele, rindo. Não quer mais saber da comida da Batulândia?

— Ruedi, não enche a minha paciência.

Ruedi me serve algumas batatas cozidas com um molho de tomate pelado. Devoro tudo como um esfomeado. Bebo muita água. É o segredo: beber muita água para preencher o espaço vazio.

VII

As Irmãs-gestoras aceitaram Monga Míngá em sua clínica. A clínica San Salvatore. Elas não pouparam esforços para fazê--la deixar a Terra Bantu. Aceitaram-na com facilidade em seu estabelecimento, por caridade, sem qualquer garantia de pagamento. Ou quase. Pois a caridade também tem seus limites. Não se pode ter tudo.[15]

As Irmãs-gestoras fizeram esse gesto amável pela glória de Deus. Elas sempre disseram que seu trabalho não é simplesmente faturar, mas também —e sobretudo— agradar a Deus por meio de obras de caridade. Mas as Irmãs-gestoras também tomaram essa atitude para responder a uma demanda bem particular de Kosambela, sua protegida em Cristo.

Minha irmã, Kosambela, trabalha como faxineira na clínica San Salvatore de Lugano. É uma clínica particular encravada nas alturas da cidade. Dali, dá para ver os raios de sol nadarem nas

---

15 No original, «on ne peut pas demander le tapioca et l'argent du sucre» (não se pode querer a tapioca e o dinheiro do açúcar).

águas tranquilas do lago Ceresio. Ao lado dos doentes da clínica ergue-se o majestoso campanário da antiquíssima igreja de San Salvatore, cujo sino produz um som que corta o ar fresco e relembra a todos a onipresença de Deus. Kosambela jura que as Irmãs-gestoras não construíram esse campanário ali à toa. Ela diz que, se ele está naquele local, bem ao lado da clínica San Salvatore, é para espantar os espíritos maus que vagam em torno dos doentes. Ela também afirma que deve haver ali lutas permanentes entre forças do mal e forças do bem. Quando ela começa com isso, eu bocejo.

Todas as vezes em que fui visitar a minha irmã em seu local de trabalho, fiquei impressionado com a proliferação de crucifixos e outros símbolos religiosos nas salas de espera, nos corredores, nos elevadores, nos quartos e até nos banheiros. Parece que Deus —ou Zambi, como o chamaria minha mãe na Terra Bantu— virou uma espécie de Big Brother que nos segue por todos os lugares.

Como toda faxineira que se preze, Kosambela com muita frequência está cansada e em licença médica. Tudo por causa da dor nas costas que a faz andar curvada, apesar de ser jovem. Mas pouco importam sua dor nas costas e suas licenças periódicas: as Irmãs-gestoras a adoram. A julgar pelos privilégios que lhe concedem, parece que as irmãs dariam tudo para mantê-la como funcionária. Como se Kosambela tivesse mesmo se tornado uma espécie de santa.

Kosambela nunca solta as ofensas e palavrões que são moeda corrente na língua de Dante. Se você diz a ela «Porca putana di merda», ela responde: que Deus vos abençoe. Se você acrescenta «Cazzo di merda», ela responde: que Deus vos abençoe. E mesmo que você diga «Porco Dio!», ela ainda vai responder... que Deus vos abençoe. Quando você pergunta como ela está, ela diz: Bem, com a graça de Deus. E se alguém fala de sua dor nas costas, ela responde, olhos grudados no céu: vai passar, com a graça de Deus. Só o nome de seu ex-marido faz com que ela largue o ar devoto. Quando você

A TRINDADE BANTU

lhe pergunta «como vai o Antônio», ela retruca: quem? Aquela coisa? Então prossegue, ajeitando o lenço na cabeça: só Deus sabe.

Pouco antes do fim das visitas, por volta das 20h, os alto-falantes esparramam uma longa oração por toda a clínica San Salvatore: corredores, quartos dos pacientes, na cantina, vestiários e até cabines de banheiros. É obra das Irmãs-gestoras. Santa Maria mãe de Deus, rogai por nós, pecadores! Pai Nosso que estás no céu, santificado seja o vosso nome! Amém. Enquanto as Irmãs rezam, Kosambela mói seus joelhos, ali ao lado, na igreja San Salvatore. Ela faz isso toda noite, antes de voltar para casa. E foi assim que ela conquistou a estima das Irmãs-gestoras, que devem às vezes enxergar nela o Espírito Santo dançar ao ritmo dos balafons[16] da nossa terra.

Kosambela gosta de analisar as pessoas antes de se aproximar delas. Pois ela é dessas que sabem que um pássaro não pousa em árvore que não conhece. E dá para dizer que o tal Pierpaolo Bernasconi já não era um galho desconhecido para ela. Ela gostava muito desse oncologista da clínica. Tinha me apresentado a ele um dia. Foi no supermercado. Era um homem longilíneo bem apessoado, culto e muito elegante. É um cara muito bacana, ela me disse. Não era preciso muito para perceber isso nele, afirmava o tempo todo.

Quando ela falava de Bernasconi, era só para elogiá-lo. Enaltecia-o sem parar e o citava como exemplo a seguir. Você precisa parar com esse jeito jeca, meu *fratellino*, repetia ela. Olhe só para o senhor Bernasconi! É bonito, inteligente. Sabe falar com as mulheres, mesmo com faxineiras humildes como eu. Quero que você seja como ele. Vai ser o orgulho da nossa família e de toda a Bantulândia. Ah, senhor Bernasconi!

16 Xilofones africanos.

Acho que ninguém se alegrou tanto quanto Kosambela com a notícia de que «o Bernasconi» iria enfim se casar. Até que enfim!, havia exclamado ela, antes de dizer que Zambi tinha atendido suas preces. Porque ela sempre tinha rezado por ele. Estava convencida de que o que lhe faltava era isto, uma mulher, uma mulher de verdade, filhos, uma família e todo o pacote que vai junto. Deus não descansa!, ela falou.

Minha irmã não hesitou em prestigiar a despedida de solteiro do doutor Bernasconi. Pediu-me para acompanhá-la, pois queria dividir comigo esse momento de alegria. Você precisa ver como Deus abençoa quem anda por seus caminhos.

Poucas vezes a vi numa alegria tão real, densa... palpável. Desde que aquela coisa de marido dela foi embora de casa, ela pouco sorri. E não são seus filhos hiperativos e sua dor nas costas que vão facilitar as coisas. Mas ali, era uma outra Kosambela que eu observava. Aquela que eu tinha me desacostumado a ver.

Normalmente, quando minha irmã vai às festas do pessoal da Terra Bantu, fica num canto, calada e quieta. Enquanto seus compatriotas se provocam e mexem as cadeiras ao som dos ritmos elétricos das kalimbas e balafons da nossa terra, ela permanece sentada. Quieta. Ela diz não querer se misturar com todas essas mundanidades. Os filhos de Deus não fazem esse tipo de coisa. São prazeres do mundo, da carne. Ela só quer saber dos prazeres do espírito. E a única coisa que ainda pode lhe trazer esse prazer espiritual que ela tanto busca é a comida! Nas festas bantus organizadas na Helvécia, ela nunca perde a chance de devorar o ndolé fresquinho, recém-chegado da Terra Bantu, saka-saka, fumbua, carne de caça seca, banana da terra frita ou ainda bastões de mandioca.

Porém, na noite da despedida de solteiro, em um pub-karaokê de Bellinzona, Kosambela se soltou. Tanto que até tomou vinho. Êta, Zambi! Ela dançou, dançou muito. Requebrou. Cantou em homenagem a Bernasconi. *Tu mi fai girar, tu mi fai girar, come fossi una bambola*. Desafinou. Ninguém se importava. Ver Kosambela cantar aquilo que até então ela considerava mundanidades, isso era realmente i-n-é-d-i-t-o.

No fim da noitada, Kosambela me levou ao seu carro com uma de suas colegas, aquela cujo conhecido de um conhecido do noivo tinha me indicado o endereço da sra. Bauer.

— Você canta super bem, disse a colega.

— Grazie, respondeu Kosambela, lisonjeada.

— As Irmãs da clínica deviam ter te visto, brincou a colega.

Kosambela não respondeu de imediato. Esse comentário com certeza a fez perceber mais tarde que tinha se excedido um pouco. Mas o que ela não teria feito por Bernasconi?

— Pois é, exatamente, retomou ela. Por que as Irmãs da clínica não vieram a essa comemoração, hein? Sua presença teria deixado o senhor Pierpaolo Bernasconi ainda mais feliz.

— Oi? Você então não sabe da nova?

— O quê? Me conta.

— As Irmãs boicotaram a noitada do Bernasconi porque ele vai se casar com um homem na Espanha.

— Zambi do céu!

Minha irmã pisou fundo no freio, no meio da estrada. Um carro bateu na nossa traseira.

Saímos todos ilesos. Kosambela pegou duas semanas de licença médica. Desta vez, não era por causa da dor nas costas, mas para pedir a Zambi e a seus anjos que a perdoassem por ter assistido à despedida de solteiro desse tipinho. Um pecador! As Irmãs-gestoras compreenderam seus motivos e a perdoaram. Amém.

VIII

O cartaz da polêmica está na boca do povo. Todo mundo tem uma opinião. Alguns dizem que não há nada de mau ali. Trata-se de uma expressão corriqueira, argumentam. Uma ovelha negra é simplesmente uma pessoa um pouco diferente das outras. Nada além disso. Já outros sustentam existir ali uma manifestação flagrante de discriminação de estrangeiros.

No que diz respeito a esse tema, todos os golpes são permitidos. Dribla-se, chuta-se, xinga-se. Trocam-se tapas em forma de entrevistas e cartazes.

Ontem, eu fui às Caritas para dizer que estava com fome. Deram-me um voucher para buscar comida nos Colis du Coeur. Mas não deixaram de pontuar que a minha situação estava sendo instrumentalizada por... Replay! No trem que me levava esta manhã ao meu estágio, dois passageiros jovens, claramente amigos, quase saíram no braço por causa de uma discussão sobre... irritado, mudei de vagão. Só queria um intervalinho. Um minutinho pra mim, um momento em que não precisasse nem pensar, nem falar, nem ouvir falar desse assunto. Em outro vagão, tive alguma paz ao lado de uma senhora acompanhada do que parecia ser sua neta.

A senhora de cara sorriu para mim. Isso me tranquilizou. Então ela continuou sorrindo enquanto me olhava de soslaio durante todo o trajeto. Curioso. Por que ela sorria tanto?, fiquei me perguntando. E então ela me disse: «Sabe, eu não sou destas que acham que você é uma ovelha negra, tá?».

No fim das contas, tive que ficar em pé na frente de uma porta do vagão para sair na primeira oportunidade. Sair desse mundo em que um cartaz pode mexer tanto com as pessoas. Mas por quanto tempo?

É chegado o dia da grande manifestação contra o cartaz da discórdia. No escritório, está tudo pronto para ir à rua de tarde: bandeirolas, cartazes apitos, megafones e, sobretudo, indignação e raiva. Nos esforçamos para decorar os slogans que vão ser entoados: «Não queremos! A xenofobia!», «Não queremos! O racismo!».

Hoje, Mireille Laudenbacher veio. Está mais agitada do que nunca. Parece que há boas chances de o seu cachorro escapar da picada fatal. Isso lhe dá o ânimo e a força de que ela precisa para encarar um outro tipo de combate. Ela sobe e desce. Seus saltos fazem um barulho insuportável. Um barulho que bate no meu estômago e atiça ainda mais a minha fome. Há muito o que fazer, mas ela não quer saber de delegar. São tarefas que pedem experiência, ela me responde gentilmente quando pergunto se posso ajudar em algo.

Há um jornalista em pé em nosso escritório open space. Ele trabalha em um jornal local, me soprou Mireille Laudenbacher entre duas idas e vindas. O sujeito tem um rosto rechonchudo e seu olhar me parece afável. Leva uma mão na base das costas e os ombros esticados para trás: deve ser uma postura indispensável para suportar a carga pesada de sua barriga. Peço a ele para se acomodar. Ele agradece e se senta com cuidado em uma cadeirinha cujo desmoronamento eu começo a temer. Ele diz que veio fazer uma entrevista com a sra. Bauer. Espero que ela esteja disponível

A TRINDADE BANTU   59

logo, afirma. A sra. Bauer está do outro lado do escritório. Está sendo fotografada sorridente diante do cartaz em que se veem ovelhas arco-íris e os escritos: «Nós não somos ovelhas». Ela está muito empolgada. Fica ainda mais quando chega um outro jornalista, agora de um jornal maior. Ser tão solicitada deve ser difícil, mas muito empolgante. Dá para sentir isso no olhar da sra. Bauer. Parece uma menininha diante do Papai Noel.

Mas, para falar a verdade, nem sempre foi assim. No começo de sua carreira, a sra. Bauer não dava entrevistas. Isso foi ela mesma que me contou. No início, ninguém achava que ela tinha credibilidade. Ninguém se interessou quando ela lançou, 40 anos atrás, sua primeira batalha contra as centrais nucleares ou o lançamento de rejeitos de alumínio no Reno. Achavam que ela era louca, doida da cabeça. Devem até ter pensado que ela era uma ressentida quando reivindicou o direito ao voto para todas as mulheres da Helvécia. Mas todos esses sinais de desrespeito ficaram para trás. Ela mostrou a que veio, mesmo que raramente tenha vencido suas batalhas. Faz pouco tempo que as coisas mudaram. La Bauer ganhou reconhecimento não apenas entre seus pares mas também de políticos, jornalistas e de todos aqueles que gostam de dar opinião. Por isso, quando surge um tema ligado a um de seus campos favoritos, são vários os jornalistas a vir lhe estender o microfone para colher sua opinião. Querem a avaliação da especialista. A especialista Bauer. Sua opinião se tornou um tempero indispensável para dar mais sabor a seus artigos e reportagens.

Em todas as entrevistas que ela concede, vejo o prazer que sente em dizer que detesta o cartaz da ovelha negra. «Que escândalo», ela repete entre duas argumentações emprestadas cá e lá da história recente da humanidade. Ela defende os valores de solidariedade, respeito e humanismo. Quando fala desses valores tão característicos das pessoas da minha etnia na Terra Bantu, fico pensando que ela deve ser a mais bantu de todos os helvéticos.

Minha barriga ronca.

A sra. Bauer me deu a incumbência de mudar o site deles, talvez até criando outro do zero. Tomei a missão a sério. Muito a sério. Não só porque ela me permite marcar meus primeiros gols, mas sobretudo porque é uma bela maneira de me afastar desse tema que anda em todas as bocas. Não quero que os meus três meses de estágio virem um estágio contra um cartaz. Quando paro um pouco para pensar, entendo que o tal cartaz não cheira bem. Mas é o odor de um cartaz que vai me alimentar? É isso que vai cuidar da minha pobre mãe, que virou a ovelha negra dos médicos da Bantulândia?

Criei um site que alimento regularmente. Um site que só fala do assunto da moda. Apesar de todos os meus esforços para me livrar dele, o assunto permanece onipresente ao meu redor. As últimas notícias se concentram na manifestação desta noite.

O sr. Khalifa, que eu acabei encontrando, me felicitou entusiasticamente pelo trabalho que eu fiz. O sr. Khalifa é um sujeito magro e comprido. Tem uma cara de lápis. É um intelectual tunisiano que se radicou aqui na terra dos nossos primos há muitos anos. Ele mora no cantão de Vaud, e seu sotaque é ainda mais marcado do que o de quem nasceu nos rincões. Quando abre a boca, parece que é a sra. Bauer que está falando. Mesmo timbre, mesma revolta, mas, sobretudo, o mesmo pensamento: «que escândalo!», «é inaceitável!».

Enquanto Mireille Laudenbacher cuida desse assunto tão delicado, passo o dia lendo comentários de alguns internautas. No geral, os que visitam meu site são mais engajados. É gente que vai participar do protesto mais tarde.

Tenho fome.

Se minha barriga continuar a roncar desse jeito, vou me candidatar a um curso de canto. Faz dias, talvez semanas que não tenho direito a café da manhã. No almoço, me viro como posso com um bastão de mandioca, amendoim grelhado, pondu ou batatas cozidas. Ainda bem que hoje vão distribuir comida nos Colis du Coeur. Ruedi foi lá de manhã buscar nosso lote.

Entre um comentário no site e outro no fórum do site, escrevo uma carta de motivação. É óbvio que continuo a buscar trabalho, conforme aconselhou a moça da agência de empregos. Senão, daqui a dois meses, quando terminar meu estágio, minha barriga vai roncar ainda mais, sem que eu possa dar um fim a isso. Envio várias candidaturas. A resposta é sempre a mesma.

IX

Estamos todos na Place de la Palud, em Lausanne. Uns parcos raios de sol vão se despedindo. Uma brisa ligeira acaricia os rostos pálidos de indignação que começam a cobrir a praça. Do outro lado, uma clientela louca pelo verão ainda ocupa a varanda de um bar. Alguns passantes se juntam em grupinhos. Eles ficam a alguns metros de nós, mas distantes o suficiente para não dar a impressão de integrar a nossa turma. Alguns nos espiam com os olhos franzidos, como a perguntar que raios estamos fazendo ali. Já outros nos observam, sorriso nos lábios, como se se preparassem para aplaudir a passagem de um bloco de carnaval. Cada um olha do seu jeito.

O que é que está acontecendo?, ouço uma jovem perguntar a um homem que parece ser seu companheiro. É por causa das ovelhas, ele responde sucintamente. Os dois sorriem. A jovem saca do bolso uma câmera digital. Tira algumas fotos da praça, checa se ficaram boas, tira outras, e depois vão embora.

O cortejo sai em menos de uma horinha. Ainda é preciso preparar as tropas, que começam a perder a paciência. Está todo mundo louco para se manifestar. Ocasiões assim são raras e não podem ser desperdiçadas. Vale lembrar que protestos são tão pouco comuns na Helvécia que, a cada vez que ocorre algum, mesmo que pequeno, isso vira um acontecimento!

Cada vez mais gente se amontoa na pequena Place de la Palud. Já devemos ser mais de mil. É uma massa humana cada vez mais difícil de conter. Acho que a sra. Bauer não esperava um sucesso tal. Ela deve estar sorrindo diante das câmeras e microfones de jornalistas que vieram cobrir o evento. Alguns mais esquentados começam a assobiar. «Morte ao partido do ódio!». Uma jovem claramente enraivecida solta essas palavras de ordem. Ela está ali na Fontaine de la Justice. É mais forte do que ela. Não dá mais pra esperar. Ela berra de novo: «Morte ao partido do ódio!». Uma vaia ensurdecedora vem em seguida. Êta, que a sra. Bauer deve estar nervosa! Está longe de ser o slogan que ela tinha imaginado para essa manifestação. Ela chama Khalifa e Mireille Laudenbacher. É preciso restabelecer a ordem no batalhão. Nem pensar em deixar seus planos afundarem assim na frente de toda a imprensa.

A massa humana fica incontrolável. O gerente do bar da varanda, lá do outro lado, começa a querer fechar. Até um cego pode enxergar no olhar tenso dele o medo de quem não sabe como essa história vai terminar. Ele pede a seus clientes viciados em varandas estivais para irem embora. Jornalistas de rádio, impresso e TV se apertam ao lado dos organizadores para registrar sua opinião sobre isso e aquilo. Estamos ao vivo, por favor! Os discursos da sra. Bauer seguem sendo a prioridade maior. É ela que toda a audiência de casa precisa ouvir, nesta hora em que todos se preparam para jantar. Ela precisa dizer tudo o que pensa sobre a história da ovelha negra.

Enquanto a Bauer chega ao êxtase diante da mídia que a assedia, a acaricia e a indica, o sr. Khalifa e outros líderes da marcha já estão no cortejo. Eles estão na cabeceira da procissão. É hora de colocar a turma impaciente pra andar. Vieram caminhar, então que

A TRINDADE BANTU · 65

caminhem. Vieram balir com força sua raiva, então que balam. As coisas foram assim organizadas: o sr. Khalifa conduz o rebanho, Mireille Laudenbacher encarna o cão pastor e a sra. Bauer ciceroneia a imprensa.

Desde hoje de manhã, minha barriga não parou de roncar. De repente, sinto-me fraco. Sinto minhas forças se esvaírem. Não terei energia para chegar até o fim da marcha. Distancio-me um pouco. Vejo a multidão desfilar. Fico me perguntando que droga estou fazendo ali. Se eu não fosse estagiário da ONG, iria querer participar da marcha? E se eu tivesse contado à sra. Bauer que a manifestação não me interessava tanto, o que ela teria feito comigo? Querendo ou não, ela me pagava pra fazer esse estágio, né? Entendo que o cartaz da discórdia possa ter algo de suspeito, talvez até de repulsivo. Mas isso justifica me fazer participar de uma manifestação de barriga vazia? Entendo também que esse cartaz fica ainda mais opaco se a gente para um instante para pensar no seu patrocinador. Ouvi no rádio ou na TV e li na imprensa que se trata de um homem cheio de *gombô*. Tem toneladas e mais toneladas de dinheiro, dizem. Mas sempre dizem também que esse financiador do cartaz da discórdia, presidente do MNL, não gosta de estrangeiros. Nkamba, meu compatriota naturalizado, também não gosta muito deles, não. Desde que se naturalizou, ele se gaba de ser um *Eidgenosse*, um Helvético puro sangue. Ele sustenta sem rodeios que é preciso priorizar os *Eidgenossen* como ele antes de pensar nos outros. Tudo me leva a crer que essa é a razão pela qual me colocou no olho da rua. Ele precisava de um Helvético raiz para vender sua falsificação. Sem essa demissão sumária, eu não teria ido parar na sra. Bauer e não estaria onde estou agora, sentado no meio-fio, de barriga vazia. Li que o patrocinador do cartaz queria mandar de volta pra casa os *frontaliers*. Moro com um ruivo gatinho que não se incomoda em dizer que os *frontaliers*, quem nasce na Savoie, a francesada, todos eles lhe roubam empregos potenciais.

Pronto, agora vejo Mireille Laudenbacher. Levanto e vou falar com ela. Ela carrega nas mãos, leva algumas bandeiras e cartazes, mas também um saco plástico em que vejo uma maçã e dois pains au chocolat.

— Posso te ajudar?

— Sim, claro, Mwána. Segura isso aqui também. Pode comer.

Nunca Mireille Laudenbacher vai saber o bem que ela me fez ao me oferecer uma maçã e dois pains au chocolat.

O cortejo se dirige para o outro lado da cidade, vai em direção ao túnel. Eu o abandono. Não posso continuar a seguir essas pessoas. Preciso antes acalmar a indignação das minhas entranhas. Não é quem tem fome que come, mas sim quem tem comida. E agora, tenho o que comer. Acomodo-me nos degraus da escadaria que leva ao Palais de Rumine, na place de la Riponne. Deixo no chão as bandeiras e cartazes que Mireille Laudenbacher me deu. Mordo a maçã Golden que tenho na mão. Quando engulo o primeiro pedaço, sinto meu estômago se agitar como uma minhoca que acaba de ser batizada com uns grãos de sal. Depois dessa agitação, meu estômago se cala aos pouquinhos, como um animal colérico recém-domado. Tanto faz se o cortejo vai me esperar ou me abandonar. Eu os alcançarei mais tarde, quando tiver resolvido minhas diferenças com minhas entranhas. Como minha maçã e meus pains au chocolat com toda a calma. Estou sem pressa. Quando termino de comer, vou até o chafariz da Riponne, onde mato minha sede como um cordeiro na água limpa de um regato.[17]

---

17   Trata-se de uma citação da fábula «O Lobo e o Cordeiro», conforme narrada por Jean de La Fontaine. No original, «un agneau se désaltérait dans le courant d'une onde pure». Na tradução de Ferreira Gullar, «na água limpa de um regato, matava a sede um cordeiro».

A TRINDADE BANTU

67

Aperto o passo. Consigo alcançar o cortejo. Suo como um ambulante, ainda mais porque estou carregado de bandeiras e cartazes. Na altura da avenida Vinet, um grupo de jovens assobia. Vaias retumbantes sobem aos céus como explosões. A marcha pega fogo. Os jovens começam a vandalizar. Ateiam fogo a lixeiras. Nunca vi isso aqui. Lá na minha Terra Bantu, acontece o tempo todo, e quem faz isso é pisoteado por militares que tratam essa turma como ovelhas negras. Mas aqui é a primeira vez que assisto ao vivo a algo assim. Fico com medo. Pergunto-me de novo que raios estou fazendo ali. É em nome do meu estágio, em nome do meu salário. Em nome da minha barriga. Mas agora, a temperatura subiu demais. Não é porque se tem fome que se vai vender os dentes.[18]

Resolvo me afastar dali. Vou em direção ao sul, a caminho da estação. Volto pra casa em Genebra com algumas bandeiras e cartazes.

Ao chegar em casa à noite, sou o homem mais feliz do mundo. Um aroma de algo muito bom me faz babar como um cachorro. Ruedi fez um ragu de lentilhas com legumes e uns pedacinhos de carne.

Paro instantaneamente na cozinha, que também é nossa sala de jantar e nossa sala de TV. Deixo num canto todos os apetrechos da manifestação que tive que trazer. Pego um prato e me sirvo como pede minha barriga. Ruedi se senta na minha frente. Põe os cotovelos sobre a mesa. Apoia a bochecha em uma mão e me olha devorar a comida. Não levo nem dez minutos para transportar o conteúdo do meu prato para o lugar certo. Solto um arroto que faz meus lábios tremerem. Raspo o prato com a colher. Ruedi tapa os ouvidos. Ele odeia esse som estridente. Dose dupla. Me sirvo

---

18   Outro provérbio africano. No original, «Ce n'est quand-même pas parce qu'on a faim qu'on va vendre ses dents».

pela segunda vez. Ele continua me olhando, como um amigo, com ternura. Com amor?

— Tá bom isso, hein?, digo a Ruedi.

Ele sorri.

Ele pega do chão um cartaz e a lê em voz alta: «Nós não somos ovelhas!» Ele ri, se senta de novo na minha frente.

— Ainda bem que você não é uma ovelha, me diz.

Eu franzo a sobrancelha.

— Já basta ser negro.

Ele está zombando de mim. Rimos. Um pedaço de legume escapole da minha colher cheia e mancha a minha camisa. Meu companheiro gargalha.

— Você come feito um bicho.

Tem uma garrafa de água bem na minha frente. É preciso beber um pouco de água, diz Ruedi. Dou uma golada. Não aguento mais. Uma colherada mais e eu vomito.

Vou pro quarto. Tiro a roupa devagar e me deito. Ruedi se deita ao meu lado, a cabeça na minha axila. Logo levanta e faz uma careta.

— Vai tomar um banho, vai.

Dou um pulo, pego ele e enfio sua cabeça na minha axila. Ele resmunga, tenta se desvencilhar. Eu o solto. Rimos que nem moleques. Ele me manda ir pro banho. Diz que o meu sovaco está fedido.

— A língua que fala do outro nunca tem defeitos, digo a ele.

— Isso aí! Vai, toma lá uma ducha antes de ficar proverbiando, retruca, tapando o nariz.

Vou para o banheiro. Na pia, lavo o rosto. Ruedi fica na porta. Conto a ele como foi a manifestação. Digo que tinha muita gente. Que alguns jovens encapuzados quebraram tudo. Que atearam fogo em tudo. Que parecia um desses filmes de guerra que passam na TV. Ruedi não fala nada. Ele sabe que eu estou exagerando. Sento na privada.

— E você, pergunto, como foi hoje de manhã lá no centro de distribuição de comida?

A resposta dele é uma gargalhada. É contagiosa. Começamos a nos contorcer de tanto rir. Nem sei por que estou rindo. Faz tempo que não rimos assim, com a garganta bem aberta e a mão na barriga. Desde que o perrengue fez moradia aqui em casa, perdemos nosso sorriso. Mas agora estamos rindo. Chorando de rir. Rio tanto que dá até uma dorzinha de barriga. Quando risada passa, me ajeito no assento do vaso e digo a ele:

— Bom, agora me conta. Como foi lá?

— Acaba aí o seu negócio. Depois te conto.

— Conta aí pra me dar uma forcinha aqui.

Uma gargalhada ressoa no apartamento. Ruedi põe uma banquinho na porta do banheiro e resolve enfim me contar o que aconteceu.

Estavam todos lá, muitos necessitados de rostos delgados, empilhados numa grande sala de espera. Era tanta gente que alguns precisaram esperar do lado de fora. Pairava um silêncio duro. Uma criança presa às costas da mãe choramingou um pouco. A mãe se agitou, e a criança voltou a dormir sem mais dificuldades. Fazia um bom tempo que estavam ali. Alguns tinham escolhido chegar mais cedo, antes da abertura do serviço. Dava pra perceber a impaciência. Todos olhavam fixamente para a parte mais elevada do grande hangar de espera. Havia um mar de sacolas cheias de mantimentos: macarrão, arroz, azeite, sal, açúcar, enlatados de todo tipo, algumas frutas e legumes, sabonete e outros artigos de primeira necessidade. Longos minutos após o começo dos trabalhos, uma mulher de estilo simples apareceu diante deles. Ela começou a distribuição no gogó. Chamava as pessoas por ordem alfabética e lhes entregava uma sacola cheia de mantimentos.

Um Colis du Coeur.[19] Com o pacote salvador em mãos, os beneficiados saíam rapidamente. Talvez estivessem com vergonha, comenta Ruedi. Talvez saíssem assim porque tinham fome, pondero. Ruedi assente com a cabeça. Mas deve-se ter vergonha de sentir fome?, ele indaga.

Ainda estou no vaso. Ruedi ri. Queixa-se do cheiro que começa a impregnar o apartamento. Digo a ele que quem ama ama tudo. Ele morre de rir. Levanta-se do banquinho e vai abrir as janelas da sala de jantar. Pega uma folha de papel para usar como leque.

Outra gargalhada.

Ele volta para o banquinho e retoma a história.

A certa altura, a mulher que fazia a distribuição da comida gritou o nome dele. *Cioè*, o meu nome. Sim, era o meu nome, porque o voucher dos Colis du Coeur estava no meu nome. Tinha buscado na Caritas na véspera. A moça singela disse: Mwána Matatizo. Ruedi se levantou e foi buscar o pacote contendo as provisões preciosas. As pessoas o encararam. Fitaram-no com olhos esbugalhados. Como um jovem branco e ruivo como o meu Ruedi pode ter um nome com a sonoridade tão bantu? Mwána Matatizo. Não. Não há nenhum ruivo na Helvécia com esse tipo de nome. Até a moça da distribuição olhou para ele com um ar desconfiado. Tinha algo esquisito ali. Mas ninguém é muito criterioso quando entrega migalhas aos pobres. Aos pobres de verdade. Porque para descer tão baixo, até o nível dos Colis du Coeur, não é preciso apenas ser pobre, mas também sem orgulho. E Ruedi parecia ter esses dois traços. Ela então o deixou que ele apanhasse seu quinhão de comida e saísse voando como todo mundo.

---

19   Colis du Coeur é o nome de uma fundação que distribui alimentos e produtos de higiene a pessoas em situação de vulnerabilidade social em Genebra. O termo significa «pacote do coração».

Ruedi não aguenta mais rir. Ele largou seu leque e esqueceu do cheiro que perfuma o apartamento.

X

É o primeiro fim de semana que vou passar em Lugano ao lado de mamãe, que já está internada na clínica San Salvatore. Ela luta como uma fera contra o mal que a corrói. Este mal é um câncer. Faz quase cinco anos que eu não vejo mamãe. Só telefonemas regulares. Nada mais. A última vez que a vi foi na nossa casa nova em M'bangala. Digo casa nova pois não passamos a vida em M'bangala. Tivemos que fugir do M'Fang onde nascemos. Mas isso é outra história.

Quando eu e Kosambela fizemos nossa última visita ao país, no fim de 2002, Monga Míngá organizou uma grande festa para nós. Muitas pessoas foram à casa nova, a casa que mamãe tinha podido construir com o seu trabalho, mas sobretudo graças àquilo que nós lhe mandávamos da Helvécia. Elas vieram não só dessa nossa terra de exílio, mas também de outros lugares, de vilarejos vizinhos.

Para além da festança cujos ecos tinham alcançado cidadelas distantes de M'bangala, tenho algumas belas memórias dessa última visita. Lembro-me de Kosambela, saudosa da terrinha, a passar o tempo devorando mangas cujo suco escorria por seu braço, até o cotovelo. Lembro-me daquela que chamávamos carinhosamente de Tantine Bôtonghi. Estufando o peito, ela se gabava de nosso suposto sucesso na Europa, pois ela tinha nos acolhido em sua casa, a mim e a Kosambela, na chegada a Genebra. Ela nos considerava como filhos, já que não os tinha tido. Lembro-me sobretudo de Monga Míngá, mulher elegante, bonita, alegre, dinâmica. Plena. Ela tinha refeito sua vida após a nossa saída de M'Fang. Agora, trabalhava. Ganhava uns trocados. Não muito... enfim, não importa! O que importava para ela era estar ativa. O resto do *gombô* ela recebia direto da Helvécia.

Hoje, no trem que me leva a Lugano, pergunto-me como mamãe deve estar. Pergunto-me se ainda é aquela mulher linda, alegre, tão... que eu vi cinco anos atrás em M'bangala. Tenho uma vaga ideia da situação. Kosambela me deu alguns detalhes alguns dias atrás por telefone. Também me revelou algumas coisas que mamãe tinha se esmerado em esconder de mim. Ela não me tinha dito, por exemplo, que a dorzinha de garganta de que ela tinha falado era bem mais grave. Que ela persistia. Que tinha travado sua garganta. Que ela não conseguia mais engolir o que quer que fosse. Nada de nada. Que ela estava emagrecendo a olhos vistos. Que tinha perdido o emprego. Que tudo estava obstruído em sua garganta. Obstruído mesmo, 100%. Que a engrenagem tinha parado, enrijecido. E que, para completar, no meio de tudo isso, a dor tinha vindo pra ficar, apesar dos remédios dos doutores que fazem a medicina dos Brancos e daqueles dos doutores que fazem a medicina na nossa terra.

Normalmente, sei que as nossas mães bantus gostam de dramatizar tudo. Por isso, até as chamamos de dramatistas. Se fosse preciso fazer um ranking mundial das mulheres dramatistas, não há dúvida de que mamãe seria a primeira colocada. Ela sabe temperar todos os molhos com sal e pimenta. Com ela, uma simples picada de mosquito vira com facilidade uma mordida de cobra venenosa. Uma enxaquecazinha pode virar meningite. Quantas vezes ela não me ligou, esbaforida como um maratonista ao fim da corrida, para dizer que tinha sofrido um acidente de carro gravíssimo, quando só tinham raspado no seu farol traseiro? Quantas vezes ela não me contou que tal ou tal tia estava à beira da morte, quando a pessoa estava apenas com uma malária benigna? E teve também a vez em que ela quase me fez infartar me dizendo que tinham amputado um de seus pés no hospital, quando, na verdade, só tinham arrancado uma unha encravada?

Um caminhão de perguntas ocupa minha cabeça. Por que mamãe não quis exagerar desta vez? Por que não jogou pimenta, açúcar, sal e até gengibre na sopa dela? Por quê? Mil porquês que eu disparei sobre a Kosambela, acusando-a de dissimulação. Ela me respondeu simplesmente que o tempo não era de fazer perguntas, mas de rezar. Só reza, fratellino, disse ela.

Em todo caso, mesmo que mamãe tivesse contado a verdade verdadeira sobre a doença, não acho que eu teria acreditado muito em seu discurso. Sei bem o quão dramatista ela é. Uma exageradora. E mais, uma dorzinha de garganta não é algo que todo mundo tem? Sempre acaba indo embora. Não é pra tanto. E não tinha sido a própria mamãe que tinha dito que Zambi a ajudaria? Zambi, Elolombi e os Bankokos a ajudariam porque Eles jamais esquecem seus filhos aqui na Terra. Também não era mamãe que tinha me falado que tomaria uma decocção medicamentosa da nossa terra, feita à base de folhas colhidas aqui e ali em nossas florestas sagradas? Ela tinha até se permitido uma piadinha sobre a sua doença: ela me faz emagrecer, gabava-se. E ainda tinha completado: nada mais de complicar a vida com regimes de limão-cenoura-e-tal-e--coisa. A gente riu disso, como de costume.

Agora, no trem que me leva a ela nesta noite, penso que deveria ter prestado mais atenção àquela voz rouca e catarrenta que fingia estar saudável. Mas mamãe não queria falar mais sobre isso.

Preferia gastar tempo falando de Ruedi e das diferenças entre ele e eu. Falávamos da pele branquela dele, que não aguenta o sol, e da minha, preta retinta, que assusta o sol. Falávamos dos políticos da Terra Bantu, de sua corrupção, de suas contas secretas aqui na Helvécia, da inflação, da desvalorização da moeda, das temporadas chuvosas, dos pernilongos, das mangas, das temporadas secas, da poeira, da conjuntivite, das laranjas, do frio, da neve, do *gombô* a enviar...

Uma luz sombria me acolhe quando eu entro no quarto de hospital em que mamãe mora agora. Da porta vejo a silhueta de Kosambela. Tem um lenço amarrado na cabeça e um terço na mão. Está sentada numa cadeira aos pés de mamãe. É o Mwána, diz ela, ao me ver entrar. Meu filho!, grita mamãe. Reconheço de pronto essa voz. É a mesma que me acostumei a ouvir ao telefone. Aproximo-me lentamente de sua cama. Parece haver algo que me detém. É medo? Do que eu deveria ter medo?

Mamãe está deitada ali, a expressão oscilando entre a alegria e o abatimento. Ela sorri. Sorri pra mim. Levanta-se e se senta na beira da cama. Estende-me os braços. Eu a abraço. Ela me aperta contra si tanto quanto consegue. Ficamos assim, um nos braços do outro, por alguns instantes. Fecho os olhos engolindo o choro que ameaça desatar. Eis o que resta da minha bela Monga Míngá... ela agora é só isso. É tudo o que sobrou dela. Isso que eu aperto forte nos meus braços.

— Como você está?, consigo lhe perguntar num murmúrio.

— Estamos esperando o que eles vão dizer.

— E o que eles disseram?

— Deixa essas suas perguntas pra lá, por favor, intervém Kosambela.

Mamãe volta a se deitar. Ela não para de me olhar. Fico incomodado em vê-la assim. Como teria gostado de revê-la de outro jeito. Do jeito que a tinha deixado em M'bangala, cinco anos atrás.

— Mal chegou e já começa a fazer um interrogatório. Você é da polícia?, pergunta Kosambela.

Do nada, se faz o silêncio. E então mamãe cai na risada. Pronto, gargalhada no quarto. Mamãe diz que Kosambela nunca vai deixar de se comportar como uma guerreira bantu. Será que a neve lava a barriga?, pergunta Kosambela, a título de resposta. Seguimos rindo.

Passado o riso, minha irmã pede pra fazer uma oração para mamãe: «Pai eterno, foi você que permitiu à sua servidora vir a este país onde a medicina e os doutores são melhores do que na Terra Bantu. Também caberá a você permitir que ela regresse saudável. Ela relatará seus benfeitos por toda a Terra Bantu e arredores». Dizemos amém.

Kosambela se levanta. Dá um beijo na testa de mamãe e pede desculpas por ter de partir. Não vejo meus filhos desde ontem, justifica. E você, ela me lança antes de bater a porta, pare de sempre fazer um monte de perguntas à toa. Faço uma careta. Mamãe ri. Dá para ver sua felicidade por estar pertinho dos filhos. É melhor assim. Aconteça o que acontecer, ao menos estaremos ao seu lado para dar apoio.

Mamãe diz que está um pouco cansada. Estou meio *fatigata*, ela fala. O riso volta a tomar conta de nós. *Fatigata*, *fatigato*, pegaremos o hábito de dizer, ela e eu. Estamos *fatigatos* de verdade.

Acomodo-me na cadeira que a minha irmã vagou. O silêncio recai sobre mamãe e eu. Olhamo-nos longamente. Ninguém diz mais uma palavra. Como se não tivéssemos nada a nos contar. Como se nos víssemos a toda hora e estivéssemos atualizados um sobre a situação do outro.

Mamãe virou uma pluma. Dá medo. O tumor na garganta a impede de se alimentar direito há várias semanas. Seus olhos estão palidamente brancos. A luz vacilante acentua ainda mais seu semblante cadavérico. A pele está opaca, escurecida, seca. Segura-se como pode sobre seus ossos.

Nenhuma palavra. Seguro a mão que não está com sonda. Acaricio-a enquanto olho um quadro pequeno preso bem em cima da cabeceira. Representa a Virgem Maria com o seu garotinho que não cresce nunca. Ao lado, há um crucifixo dourado. Um aparelho de fazer sei lá o que solta sem parar um barulho de dreno. Top, top, top. Uma televisão pendurada no canto transmite uma missa católica. Fazia tempo que eu não via uma. Aqui deste lado, há um janelão com uma porta de correr que dá para uma varanda. Dela dá para ver o campanário da igreja San Salvatore.

— Como vai o seu estágio?

Mamãe quebra o silêncio.

— Ainda na história das ovelhas negras.

— Como?

— Deixa pra lá. Outra hora te conto esse caso.

Mamãe franze a sobrancelha. Eu poderia ter respondido de outro jeito. Dado uma resposta mais detalhada, elaborada. Mas não, não quero falar disso agora. Não quero falar, ponto. Mamãe me olha e sorri para mim. Abaixo os olhos. Ela diz:

— Os Brancos nunca vão deixar de me impressionar.

— Por quê, hein?

— Agora eles têm até estágio para ovelha negra.

Rimos. Não sei o que dizer a ela. Não tenho ânimo nem vontade de começar a contar toda essa história das ovelhas. Contento-me em rir.

— Tirando as ovelhas negras, como vão as suas buscas por emprego?

— Vai dar tudo certo. Por enquanto, tá meio complicado.

— Que Zambi ajude a você e à sua irmã. Parece que esse país aqui não é feito para vocês.

— Mama...

A TRINDADE BANTU   79

— Quando as coisas estão difíceis, é preciso pedir ajuda aos ancestrais.

Ela tenta se levantar. Eu a ajudo colocando almofadas nas suas costas. Então, subo a parte superior da cama com o controle remoto. Abro o janelão para deixar o ar fresco entrar no quarto.

— Sem trabalho e sem dinheiro, como você está se virando para comer?, pergunta ela.

— Ainda tenho uma parte das tortas de semente de abóbora que você me mandou e também mandioca, eu digo, mentindo.

— Vocês ainda têm essa comida?! Escuta, você e o Ruedi não querem comer ou o quê? Olha como você está magro. Tem que comer! Mandei essa comida toda para você comer e ter forças para procurar trabalho.

— Você é quem mais precisa comer, Mama.

Aproximo-me um pouco mais dela. Coloco o meu braço bem ao lado do seu e digo:

— Olha, entre nós, quem é o mais magro?

Um segundinho pra olhar e comparar os dois braços, e já caímos na gargalhada. Mamãe ri tanto que o seu riso vira tosse. Paro de falar. Paro de rir. Estendo a mão a ela e tento confortá-la.

A tosse. O catarro. Muito catarro. Um pouco de sangue. Passo os lenços para ela. Ela cospe todas as suas entranhas. Tenta falar. Sua voz se recusa a sair. Crac! Crac! Está tudo bloqueado. Ela toca a garganta e gesticula. Muitos gestos que podem ao mesmo tempo significar tudo ou não significar nada. Um nódulo? Uma queimadura? Um anzol? Um ligamento? Talvez tudo isso junto. Tudo isso dentro de sua garganta.

Olho à volta pra buscar um copo d'água para ela. Encontro um sobre o criado-mudo. Levo-o até ela. Vai aliviá-la um pouco. Estendo o copo. Ela me olha rápido, mas intensamente. O que está acontecendo? É só um copo d'água pra tomar... ah, claro! Como eu sou burro! Uma ovelha mesmo! Mamãe não pode engolir nada. Crac! Crac! Está tudo bloqueado. Completamente bloqueado. Vou precisar de um tempo para entender isso. Ela não consegue engolir mais nada. O catarro, porém, sai —e sai em profusão. Mas nada desce. Que tristeza.

Mamãe para de tossir. Volto a me postar a seu lado. De novo, pego na mão que não está com sonda. Faço um carinho. Quem dera eu pudesse curá-la com esse gesto simples... não sou dos que acreditam em milagres. Mas vai saber. Talvez os Bankokos possam vir em socorro a ela.

Esquadrinho seu corpo com os olhos. Observo sua pele. Ela envelheceu. Parece mesmo a pele de uma velha. Mas mamãe não tem nem 50 anos. Ela está com 49. Sinto meu olho se encher mais uma vez de lágrimas. Engulo o choro. Não é hora de chorar, penso comigo.

Um silêncio profundo. O constrangimento. Nossos olhares não se cruzam. Finjo olhar o aparelho que faz o barulho de drenagem de água. Finjo olhar o crucifixo, a Vigem e seu filho. Finjo até assistir à missa que a televisão nos oferece. Fico me perguntando o que acontece quando não se pode comer mais nada. Beber nada. Como lidar com uma boca que só tem função decorativa? Só uma boquinha assim, sem mais. A saliva deve secar lá dentro, não? O gosto deve ser nauseabundo. Que que eu tô dizendo? Nem gosto deve ter. A língua não deve parar quieta. Os dentes devem morrer de tédio.

Mamãe tosse de novo. Tosse forte, bem forte. Fico assustado. Seguro-a com firmeza. Não é possível que essa tosse vá exauri-la assim na minha frente. Toda a porcariada atolada na sua garganta sai aos borbotões. Ela cospe numa tigelinha descartável. Pronto, penso comigo, sua boca agora só serve mesmo para isto: vomitar e cuspir.

A TRINDADE BANTU 81

Proponho chamar uma enfermeira. Mamãe faz que não com a cabeça. Sempre acontece isso, e então passa, ela me diz. Continuo a seu lado. Eu a pego nos braços. Aperto forte, e ela fala: êta! Não me aperta tanto, senão periga me sufocar antes desse câncer maldito.

Mamãe continua sendo uma gaiata.

Depois de algum tempo, pergunto a ela como aguentou ficar dois meses sem comer. Ela repete que Zambi e os outros deuses jamais esquecem seus filhos. Ela me diz que não se entregou à doença. Aliás, que nunca vai se entregar. Conta que, por dias a fio, mastigou e remastigou carne na esperança de que ela descesse até o estômago. Tentou engolir um pedacinho com um gole d'água. Mas nada passou. Teve que cuspir tudo. E então se contentou em mastigar. Só mastigar e se alimentar do odor, do sabor da carne, dos legumes e da mandioca. Era tudo o que ela ainda podia fazer com a boca, além de cuspir. Só o sabor gostosinho da mandioca, que, na minha cabeça, descia até o estômago, ela diz. Uma lágrima se equilibra no meu olho. Acaba caindo e escorregando pela minha bochecha. Péra, não. Não estou chorando. Mamãe precisa seguir combativa. Nada de lágrimas no front. Bravura é o nosso nome. Mais tarde choraremos, longe, bem longe da clínica, longe de mamãe, longe da doença. É isso!

O que pode ter lhe causado esse câncer? Nunca vi mamãe com cigarro. Bebida? Só uma taça de vinho de palma uma vez ou outra. Como todo mundo. Nada de mais. Poluição? Talvez. Não se sabe como são as coisas no seu local de trabalho em M'bangala. Certo é que mamãe não trabalhava na lavoura. Até onde se sabe, ela estava a salvo de todos os produtos que poderiam respingar. Trabalhava em um escritório como secretária do chefe de produção. Ficava em um prédio antigo, relíquia do período colonial. Passava o dia todo em uma sala fechada e com ar-condicionado, atrás de um computador ultrapassado.

Uma enfermeira entra no quarto. «Buona sera», ela diz. Respondemos «*Bonna suara*». A mulher faz uma careta. Diz coisas que não entendemos. Fala em italiano —e fala rápido. «*Não comprendere*», devolvemos. Ela então fala mais devagar, ornando suas palavras com gestos mais ilustrativos. Entendemos agora que ela vai colocar um novo cateter. Quero perguntar o porquê de todas essas agulhas, mas a enfermeira de certo não compreenderia.

Quando ela acaba de furar mamãe, nos diz ciao. Ciao, balimos. *Boa noita*, arremata mamãe.

— Não é assim que se fala, corrijo-a.

— Não enche, ela retruca. Você devia ter falado junto comigo quando ela estava aqui.

Pergunto a mamãe como ela faz para dormir. Virada para que lado? Esquerda? Direita? De barriga pra cima? De bruços? Em que posição ela se acomoda?

— Esses quatro furos aqui, tá vendo? Não é nada perto do que eu tinha ontem.

Monga Míngá não para de rir. Continua.

— Você tinha que ter vindo ontem para ver. Eram dez! E ficou assim o dia inteiro.

— É mesmo, dez? Olha! Não, péra, acho que eram 15. Não, não. Na verdade, 20, não é isso? Vinte perfurações? Não é isso?

Risada. O riso. É tudo o que eu posso oferecer a mamãe esta noite.

XI

São os pequenos de Kosambela que, no sábado de manhã, me tiram do sofá onde passei a noite. Eles me acordam com seus gritos e chutes. De novo esses diabinhos, digo para mim mesmo, enquanto abro um olho. O primogênito é o Gianluca; Sangôh é o caçula. Sangôh recebeu esse nome em homenagem ao meu pai. Kosambela Matatizo ainda estava na cama em que deu à luz a criança quando disse ao marido: ele vai se chamar Sangôh. Consciente de que o marido não iria gostar muito dessa ausência flagrante de consenso, ainda completou: ele vai se chamar Sangôh, é isso ou nada.

Gianluca e Sangôh são dois garotos bem agitados. De manhã, desde a primeira hora, vão fazendo estrago por onde passam. O quarto deles está sempre um caos. Kosambela já lavou as mãos quanto a isso. Mas sei que, uma vez por semana, ela os obriga a limpar tudo. E aí não tem brincadeira, não. Não vou ferrar minhas costas duas vezes fazendo faxina na clínica e no quarto de vocês, ela diz em francês. Quando se recusam a obedecer, ela corre atrás deles pela casa, colher de pau na mão. As crianças correm às gargalhadas. Gritam «aiuto! aiuto!». Quando sua mãe por fim os alcança, tome palmada no bumbum esquerdo e já pro quarto! Ela chama isso de *sculasciata*[20] da semana. Os guris arrumam os brinquedos choramingando. Quem ri por último ri melhor, diz a eles a mãe sorridente.

Nesta manhã, um sol estival esquenta a sala de estar, mesmo que já estejamos em outubro. Meus sobrinhos não têm a menor intenção de me deixar em paz. Pulam de uma poltrona à outra e aterrissam no sofá em que eu ainda estou deitado. Chispa daqui!, grito. Eles dão risada. Pulam em cima do meu Kongôlibôn. Batucam no meu cocuruto como se fosse um tantã. Eles fazem troça de mim. Falam em italiano. Só *testa, guarda*...

Sem largar meu cobertor, peço a eles uns chamegos. Falo em francês, que eles entendem. Falar eles falam bem pouco. Com seu parco francês, contam-me que a professora da escola ensinou-os a não fazer carinhos em adultos. Que estúpida, penso. Estou apertado pra ir ao banheiro. Quando levanto, meus sobrinhos riem ainda mais alto.

— *Guarda* a cueca dele, dispara Gianluca.

— Um desenho... um desenho..., engasga Sangôh.

— Um desenho reanimado, responde o outro.

Eles voltam a gargalhar agora apontando pra mim.

No banheiro, visto a calça jeans que tinha deixado ali na véspera. Vou até a cozinha, onde encontro um bilhete escrito por minha irmã e colado na porta da geladeira: «O pai deles vai passar pra buscá-los lá pelas dez». Confiro o relógio de parede. São só sete da manhã. Ainda faltam três horas com esses pestinhas. Mal comecei a pensar no meu calvário quando uma ideia me ocorre. Já sei o que vai acalmá-los, penso comigo, enquanto corro até a sala onde eles continuam a pular de uma poltrona para a outra.

---

20   Na verdade, *sculacciata*, palmada em italiano.

Ponho Gianluca e Sangôh pra ver os desenhos do Cartoon Network. Pra completar, dou sorte: eles estão passando «Ben Ten». É o desenho preferido dos meninos. Faço duas xícaras de chocolate quente pra eles. Não dão bola pra isso. Vão à cozinha buscar batatinhas chips. Deixo-os fazer como quiserem.

Enquanto eles estão com os olhos grudados no Ben Ten e em suas batatinhas, aproveito para ligar para Ruedi. Eu o acordo. Dá pra notar pela voz vacilante. Ele boceja entre duas frases. Diz que está tudo bem. Que está com saudades de mim, mas que está tudo bem. Conta que foi aos Colis du Coeur na véspera. Que temos mantimentos o bastante para os próximos dias. Menos carne, ele especifica. Conta, porém, que comeu carne na noite passada. Ele foi à casa do Dominique e lá jantou um filé com purê de batata. Diz que Dominique foi muito gentil com ele. Que estava feliz em revê-lo. Que se divertiram bastante juntos. E que ainda está lá, em Carouge.

— E a sua mãe?

— Está bem. Esperamos que ela melhore.

— Os médicos dizem o quê?

— Não falamos disso.

Não estou a fim de contar a ele tudo o que eu vi ontem. Não quero lhe contar que a minha mãe está bem mal. Ele ainda deve estar nos braços de Dominique. Por isso, peço para falar com Dominique. Assim também fujo das perguntas de Ruedi. Arranco de Dominique a promessa de também me convidar para comer filé. Fico feliz, porque faz tanto tempo que não como carne, enfim, carne de verdade...

Quando reencontro mamãe na clínica San Salvatore, ela está conversando com o doutor Bernasconi, ao lado de uma enfermeira. «Le Bernasconi» sorri para mim. Há algo de singular no olhar que ele me lança. Como se fosse uma cumplicidade. Por certo me reconhece. Eu digo «ciao». Bom dia, Mwána, ele responde.

Se ele está ali, deve ser porque vai cuidar de mamãe. Fico imaginando o que Kosambela vai pensar ao ver sua mãe sendo tratada por um homem que é casado com outro. E as Irmãs-gestoras, por que teriam deixado passar uma situação assim? Não respeitam mais as vontades de sua protegida?

Não importa o que Kosambela pensa do sr. Bernasconi. Ele continua sendo um dos melhores oncologistas desse lugar, quiçá da Helvécia inteira. Que sorte a nossa de o caso de mamãe estar nas suas mãos. Kosambela precisa entender que quem não tem cão caça com gato. De meu lado, acho que o doutor Bernasconi é um gato perspicaz que sabe miar.

Bernasconi é um homem poliglota. Segundo a minha irmã, ele fala oito idiomas, incluindo árabe, chinês e mesmo o alemão da Suíça. Com a minha mãe, conversa em francês. Diz a ela que vão operá-la. Logo. Com certeza no começo desta tarde. A senhora está muito desidratada, ele afirma antes de completar, vamos precisar alimentá-la de outro jeito. E fala também outras coisas científicas que nem eu, nem mamãe compreendemos. Só entendo que vão enfiar uma bola na barriga dela para alimentá-la. Uma espécie de sonda com um bolso, para substituir seu estômago, que, como sua boca, ficou inútil.

Antes de sair, o Bernasconi faz questão de pegar na mão de mamãe. Vamos fazer tudo que pudermos, sopra ele. Mamãe sorri. Ele acena para se despedir de mim e vai embora.

— Tá sabendo que esse doutor aí é o Bernasconi, né?, pergunto a ela.

— Ele é muito gentil, ela me diz. Deve ter sido o próprio Zambi que o mandou pra cuidar de mim.

— A Kosambela está sabendo dessa história?

— Oi? Que história?

— Não adianta ela vir depois aqui fazer escândalo, querer chorar sobre o leite derramado.

— Mas ela estava aqui com ele agora há pouco. Acabou de sair para fazer a faxina.

A resposta me surpreende.

Pego uma cadeira e me sento ao lado da cama. Sem delongas, conto a ela a história do casamento do doutor Bernasconi. Digo que as Irmãs da clínica San Salvatore não hesitaram em oferecer duas semanas de licença médica a sua protegida a fim de que ela pudesse rezar e pedir perdão a Deus por ter participado daquela noitada. Minha mãe arregala os olhos.

— Êta!, ela exclama. É por isso que o sorriso dela tava meio amarelo naquela hora.

— Você sabe bem que, de grão em grão, a galinha enche o papo.[21] A questão é que, nessa história, a boca da Kosambela é pequena.

— No que me diz respeito, não tô nem aí pra onde esse senhor se senta. O que eu quero é me curar. Só isso.

Pego o controle remoto para mudar de canal. Estou cansado dessas missas que passam o dia todo. Zapeando, caio no noticiário da hora do almoço. As manchetes me deixam boquiaberto. Onde é isso?, pergunta mamãe, se ajeitando na cama. Em Berna, respondo.

Vemos imagens de uma manifestação e de uma contramanifestação; de um lado, os pró-ovelhas negras, do outro, os opositores. Os pró-ovelhas negras são do partido MNL. Estão lá os dinossauros do partido. Vieram mostrar sua indignação. Vieram dizer que este país não respeita nem mais uma liberdade fundamental como é a liberdade de expressão. Vieram dizer que endossam seu cartaz. Vieram reafirmar sua vontade de enxotar todas as ovelhas negras estrangeiras a coice. Diante deles, os grupos de

---

21 No original, «la poule picore en fonction de la grosseur de son gosier», algo como «a galinha cisca em função da grossura de sua garganta».

esquerda vieram também expressar sua opinião sobre o polêmico cartaz. Os anti-ovelhas negras estão ali para dizer que os pró são um bando de racistas, xenófobos, mal-intencionados, imorais, fascistas e até ovelhas do mal. Entre os dois, policiais vestidos como nos filmes de ação tentam mediar o embate.

— É hoje que a porca torce o rabo,[22] eu digo.

— Quem é o mais forte aí dos dois?

— Deixa isso pra lá. É muito complicado pra você.

Estamos grudados à tela como Gianluca e Sangôh a «Ben Ten». Na TV, dizem que a polícia não está conseguindo controlar a multidão de manifestantes e contramanifestantes. Na frente do Parlamento, na Place Fédérale, transcorre um show de horrores. Um grupo de homens avança sobre outro, cobrindo-o de pontapés. Não dá pra saber quem é quem. Só se vê a pancadaria. Mamãe dá sopapos no ar com os manifestantes. Ele deveria ter começado com uma cabeçada, ela diz. Não dou bola pra ela. Um jornalista entrevista partidários dos dois lados. É como uma partida de ping-pong. O líder do MNL, aquele de cujo *gombô* se fala, diz ao microfone do jornalista: se você é atacado na rua por um criminoso, como alguém pode chegar depois e lhe dizer que, se você não estivesse ali, nada teria acontecido? Seus partidários aplaudem. Entoam o hino nacional helvético, o Cântico Suíço. De repente, é a vez da sra. Bauer aparecer diante das câmeras da reportagem. É a minha chefe no estágio!, exclamo. Mamãe estica mais a orelha. Atrás da sra. Bauer, dá para ver seu caro amigo Khalifa em carne e osso e sua secretária faz-tudo Mireille Laudenbacher. Eles estão fazendo a escolta. Nós nos manifestamos pacificamente, afirma a sra. Bauer. São aquelas pessoas lá que ateiam fogo no país com

---

22 No original, «c'est aujourd'hui qu'on saura qui a mis de l'eau dans la noix de coco», ou «é hoje que a gente vai descobrir quem pôs água no coco».

A TRINDADE BANTU

sua xenofobia pública, arremata. Atrás, os outros assentem com a cabeça, mostrando sua aprovação.

— E você tava dizendo que isso tudo é só por causa das ovelhas?, pergunta-me mamãe.

— As ovelhas negras.

— Ah, é só eles darem um pulo na Terra Bantu. Tem um montão de ovelhas lá, e não só das negras.

Depois da risada, explico a Monga Míngá as causas e consequências desse imbróglio do cartaz.

XII

Nesta manhã, Ruedi está num chamego só comigo. Desde que nos conhecemos, ele sempre me chama de *schätzli*, meu adorado tesourinho. *Tesoro*. É claro que gosto disso. Depois que Monga Míngá foi internada na clínica San Salvatore, porém, seus *schätzli* ficaram cada vez mais frequentes, até um pouco invasivos. Ruedi continua não se esforçando para achar um trabalho qualquer que nos ajude a fechar as contas no fim do mês. Meu primeiro salário do estágio caiu recentemente. Já não resta nada dele. Tudo se evaporou em meia-dúzia de faturas. Contas banais: aluguel, calefação, luz, telefone. Um pouco de comida no supermercado. Pedi a Ruedi pra procurar os pais e pedir um *gombô* módico. Eu imaginava que, assim, conseguiria recuperar uma parte do que eu tinha gastado para nos poupar da vergonha de voltar aos Colis du Coeur. Como é que o sujeito pode trabalhar em tempo integral, ainda que seja como estagiário, e não conseguir se alimentar?

Ruedi recusa a todo custo a ajuda dos pais. Eles já bancaram seu plano de saúde, enquanto eu recebi do meu convênio uma notificação de pagamento em aberto.

... Lá vem ele me chamando de *schätzli*.

Finjo não vê-lo. Continuo editando o meu CV para acrescentar sobretudo a experiência na associação que luta contra o cartaz da discórdia. Então dou uma espiada nele. Esquadrinho o seu rosto de perfil. Mais parece um moleque, um adolescente. As sardas sobre o nariz e as maçãs do rosto suavizam sua expressão. Só a bela barba largada de raposa atesta que se trata de um homem crescido. Ele sorri para mim. Seus olhos verdes que brilham como uma esmeralda me seduzem como da primeira vez em que o vi. Já faz três anos. Que loucura! É mesmo. O que eu não teria dado por ele, Ruedi? Teria até sacrificado toda a Terra Bantu só para domar essa fera, essa raposa de olhos verdes. Hoje, tenho-a aqui ao meu lado, focinho comprido e olhar estranho. Malicioso.

Ruedi se senta perto de mim e envolve meus ombros com a mão direita. Desvio o olhar do meu computador. Encaro-o com uma expressão de surpresa: o que você quer agora?, pergunto.

Ele me acusa de agressividade, violência verbal, falta de carinho. Tá de onda, claro. Diz que só busca me fazer coisas boas, me fazer esquecer o que tem me preocupado nos últimos tempos. Ele me elogia. É uma divagação. Diz que eu, o seu *schätzli*, tenho belos dentes. Que ele adoraria ter dentes assim também. Pega minha mão. Sussurra que seu *schätzli* tem belos dedos.

— Tava esquecendo, interrompe ele. Adoro seus cabelos.

Explodimos de rir.

— Agora me deixa sossegado, digo a ele, voltando ao meu computador.

Ruedi estuda finanças. Quer trabalhar no setor bancário. Como seu pai. É uma tradição deles o banco. Há três ou quatro gerações já havia banqueiros na família. E não é Ruedi que vai fugir à regra. Ele finge ser rebelde, mas, no fundo, não passa de uma raposa dócil, meu pequeno Ruedi. Ele vai ser banqueiro, *trader*. E, se tudo der certo, pode virar um Bernie Madoff. Como eu posso contribuir para isso? Só me resta encorajá-lo. Aguentar seus caprichos. Deixo ele fazer o que quer. Semeio no suor e na dor. Virá o dia em que colherei. Um dia poderei dizer que sou o companheiro de um banqueiro. E um banqueiro helvético, tá? Coisa fina! Vou ser o banco de toda a minha família de M'bangala. Cada um terá sua conta em Genebra, Lugano ou Zurique. Vou fazer chover dinheiro sobre todo o vilarejo. O bálsamo naquele nosso deserto equatorial. Ficarei tão feliz em chamar Ruedi de *schätzli*.

À espera desse dia de glória, pelejo.

Em casa, faço o que posso para ajudar. Respeito a divisão de tarefas domésticas. Cozinho quando é a minha vez. Limpo quando me cabe —quer dizer, quando posso; não quero ficar com as costas entrevadas da Kosambela. Passo roupa quando é a minha vez. E sorrio também quando é a minha vez. Ah, e claro, transo quando me cabe. Ruedi me fala pra não pensar nisso. Diz que vai fazer tudo sozinho. Agora que temos comida dos Colis du Coeur, ele sempre me pergunta: e então, meu *schätzli*, o que você quer comer hoje à noite?

Vai, tenho sorte de estar com essa raposinha.

Nesta manhã, quando ele me pergunta o que quero comer, digo que não me importo com sua culinária. Falo num tom firme, quase de xingamento. Ele toma como brincadeira e insiste. De toda forma, suas lentilhas não são muito gostosas, respondo com frieza.

Ruedi se cala. Foi atingido pela bala. Parece desorientado. Eu o acertei. Sinto vontade de atirar de novo. Sinto vontade de apontar minha boca-canhão em sua direção e abrir fogo. Mas me seguro. Isso me deixa meio mal. Ao mesmo tempo, me dá alguma satisfação. Ruedi enrubesce. Gosto de vê-lo vermelho de dor. De raiva, quem sabe.

O silêncio nos afasta um pouco.

Faz algumas semanas que estou muito ausente, porque preciso ir a Lugano ver mamãe. Ele passa bastante tempo com o Dominique. Cada um preenche o vazio como pode. Isso o chateia?

Sim, ele busca se aproximar de mim. Tenta me auxiliar, isso não posso negar. Mas por que não deixar seus pais nos ajudarem? Por que não mexe o rabo para achar um emprego? Por que se compraz com a nossa situação de mendicância? Por que tudo o que o faz é ficar na fila dos Colis du Coeur? Por que não tenta nos ajudar a sair dessa?

Desde que mamãe foi para a Santa Salvatore, eu me refugio com frequência no nosso quarto. Embarco em pensamentos sombrios sobre o futuro incerto dela, sobre a sua incapacidade de engolir o que quer que seja, sobre o tratamento pesado que ela faz. Enfiaram há pouco um bolso dentro de sua barriga. Esse bolso vai substituir seu estômago, que precisou tirar umas férias. É com esse bolso que agora ela pode se alimentar. Quer dizer, se alimentar? É uma hipérbole. O que fazem é injetar ali dentro os minerais e outros nutrientes de que ela precisa para sobreviver. Sua barriga está aberta. Há um grande curativo nela, do qual sai um tubo. Virou a boca dela. Um tubo... quando penso nisso tudo, uma tristeza enorme se abate sobre mim. Nessas horas, nem os *schätzli* de Ruedi conseguem me acalmar. Choro, engulo a dor pensando na garganta de mamãe. Enquanto a dor se impregna nas minhas entranhas, do outro lado da casa, na cozinha, ouço Ruedi discutir o sexo dos anjos com a sua mãe ao telefone. Eles riem. Na verdade, gargalham. Tudo está bem no mundo deles. Tudo vai mal no meu.

Então como ele quer que eu acredite, nesta manhã, que a minha dor é dele. Não são uns *schätzli* jogados assim que vão me provar isso. Não importa a ternura com que ele os embale. Também não são os pratos de lentilha vindos dos Colis du Coeur que vão me dar prova disso. Isso não basta. Quero que ele carregue a minha cruz comigo. Que beba o cálice comigo. Quero que ele sinta a dor da minha crucificação. Quero que os espinhos da minha coroa atravessem sua cabeça até o cérebro e que ele pingue pequenas contas de sangue. Quero que compartilhemos tudo,

tudo mesmo, como dois bons companheiros, como bons parceiros. Ele não lembra o que disse a mulher do Registro Civil quando estivemos lá para assinar os papéis? Não lembra que ela disse que é preciso haver solidariedade? Solidariedade! Partilha! Se ele não lembra, eu, sim! E faço questão de lhe mostrar.

Deixo Ruedi sentado em uma cadeira da nossa cozinha-sala de estar. Ele parece abatido. Dou uma escapada até a janela da cozinha pra fumar um cigarro. Acendo-o. Alvejando o meu companheirinho, saboreio a sua dor. Sinto vontade de sorrir, de rir, até de gargalhar. Também sinto vontade de ligar para a minha mãe e de dividir com ela essa risada, mas sei que ela não poderá rir de verdade, infelizmente. Ela está cada vez pior. Acabou de concluir a última sessão de quimioterapia. Ela não ri. Não ri mais. Não faz mais piada. Não vai me ajudar a derrubar ainda mais a minha pequena raposa.

Sinto que estou sendo pérfido. Sinto-me brutal, cretino, espertalhão, maldoso, doentio. Fecho os olhos um instante e peço a Zambi para me perdoar. Volto a abri-los e vejo, na porta da geladeira, a nossa divisão de tarefas domésticas:

Roupa suja:
— Ruedi: faz a máquina
— Mwána: passa
Faxina:
— Ruedi: quarto
— Mwána: cozinha e banheiro
Rearranjável em função das disponibilidades
Cozinha:
— Revezamento
Rearranjável em função das disponibilidades.

Ruedi se levanta e se aproxima de mim na janela da cozinha. Ele volta a sorrir. Desta vez, seu sorriso está um pouco tenso. Espero que ele não me solte um *schätzli*. Ele não diz isso. Ufa! Ouço o seu olhar me soprar que vai ficar tudo bem. Espero que ele guarde para si palavras de conforto. Que perceba que não é hora disso. Seu olhar inocente me dá a impressão de falar com Monga Míngá. Abaixo os olhos. Ele me abraça. A ternura que isso me transmite me prova que ele realmente me ama. Também me mostra que ele ainda não está tão desesperado quanto eu. Mas a hora dele vai chegar. É só esperar um pouquinho. Vai chegar.

XIII

Estou em Lausanne. Há um alerta de tornado. Espero o trem que me levará de volta para casa. Entre o ruído de um trem que entra na estação e o estrondo do trovão que anuncia a tempestade, a voz de uma locutora anuncia um atraso de sete minutos. Alguns viajantes à minha volta soltam bufadas de desaprovação. Mau humor. Sete minutos é demais! Uma voz se eleva na plataforma. Ela promete enviar uma carta de reclamação. Distancio--me de tudo isso. Encontro um espaço num banco e fumo um cigarrinho. Tranquilo. Um gari vem varrer o chão entre as minhas pernas. Ele pede desculpa. Sorrio. À minha volta, cartazes. É neles que acontece a batalha eleitoral aqui na terra dos meus primos. É por meio deles que se debate, que se argumenta, que se insulta um ao outro, que se mandam flores a terceiros, que se chama o adversário de diabo, ovelha, ovelha negra. Retratos resplandecentes prometem mudança, como sempre. Eles dizem que tudo vai mudar radicalmente. Que desta vez é pra valer. Que o mundo será mais justo. Mais solidário. Impostos em função das despesas. Proteção maior do clima. Desenvolvimento da indústria nuclear. Melhora das condições de vida da classe média.

Das famílias. Ah, as famílias! Uma queda acentuada da taxa de desemprego. E também do seguro-desemprego. Promete-se um país mais forte para fazer frente à invasão, a invasão de estrangeiros. A extensão da livre circulação de pessoas. Mas não para todos os europeus, tá bem? Esses rostos flertam com o eleitor. Sorrisos. Cores. Promessas. Contradições. Mulheres. Homens. Prometem um monte de coisas. Prometem o irrealizável.

Os cartazes eleitorais tomaram a estação. As eleições federais são daqui a uma semana. Vão acontecer domingo que vem. Nossos primos daqui vão mudar toda a escalação de seu Parlamento, do primeiro ao último membro. Falei disso com mamãe sábado passado. Primeiro, ela não disse nada. Ela anda *fatigata*. Insisti no assunto para ver se ela se interessava, mesmo que só um pouco, porque sei que normalmente gosta do tema. Ela riu e então disse para deixar a conversa desses mentirosos pra lá. Não. Eu respondi que não. Não são um bando de mentirosos. Não aqui, pelo menos. Aqui não é como na nossa Bantulândia. O homem é o homem, ela me interrompeu.

No escritório, ainda é a ovelha da discórdia o que mobiliza a sra. Bauer e a turma. A bendita ovelha também cadencia meus dias de trabalho. Terei passado meus três meses de estágio lutando contra uma ovelha negra. É preciso digitar um comunicado à imprensa para retrucar os argumentos do campo adversário. É preciso responder à pergunta do jornalista que quer botar lenha na fogueira. É preciso escrever uma alocução ou um discurso de palanque que a sra. Bauer me dita esmagando o enésimo cigarro em um cinzeiro já transbordante. De vez em quando, ela comenta algum cartaz pregado na parede do escritório. Hoje de manhã, por exemplo, ela me falou do pôster que pede o fim das touradas na Espanha. Disse que era terrível ver um animal morrer assim, aos poucos. Que o mais cruel era ver o quanto a multidão aplaudia uma morte tão espetacularmente lenta. É cruel, ela disse. E depois

A TRINDADE BANTU

me contou a história de Mireille Laudenbacher, que está lutando contra as autoridades locais para impedir a eutanásia de seu cachorro. A peleja custou até aqui uns 15 mil francos suíços. Fico atordoado. Como se pode gastar essa bolada para salvar um cão? Peço a ela um cigarro para me recuperar.

Além do trabalho de redator, tem a administração do nosso site na internet, que euzinho criei. Essa página tem uma coisa incrivelmente interessante: o seu fórum. Desde as manifestações em Lausanne em 18 de setembro e da batalha de Berna em 6 de outubro, ele explodiu de mensagens. As pessoas soltam os cachorros ali.

Simon, 18 de setembro, 20h18. «Vocês dizem ser tolerantes? Contem outra! Lá é coisa de gente tolerante tacar fogo na avenida Vinet? Vocês aterrorizam todo mundo. Parabéns pelas manifestações. Elas nos mostram para onde apontam as ideias de vocês: estimular os delinquentes deste país.»

Karine do repolho de Vaud,[23] 19 de setembro, 8h36. «Nada a ver o que eu tô lendo aqui. Eu estava na manifestação em Lausanne. Lá pelas 19h, os organizadores anunciaram o fim do protesto. Éramos mais de 2.000 participantes. Fomos todos embora na maior tranquilidade, depois de ter mostrado nossa indignação diante da violência racista, xenófoba e de ódio propagada pelo MNL e por seu líder, o bilionário. Foi um grande sucesso! Só um grupelho de jovens revoltados não quis saber de nada e ficou ali para protestar radicalmente contra o excesso de barras de contenção e os robocop perfilados para garantir a paz daquele que há muito vem cultivando um clima de medo e de desconfiança entre os cidadãos.»

---

23   No original, «Karine du Choux-de-Vaud». Aqui, o autor cria um avatar que brinca com a «saucisse aux choux», a linguiça com repolho, uma especialidade da gastronomia do cantão de Vaud.

Todos juntos :), 22 de setembro, 12h50. «Fogo nos racistas!»

Röstigraben,[24] 30 de setembro, 14h12. «Por que manter essas pessoas aqui? ELAS TÊM QUE VOLTAR PRA CASA DELAS! Essas pessoas vêm pra cá, pro nosso país, se negam a trabalhar, se negam a respeitar nossas leis e, ainda por cima, vivem dos nossos auxílios sociais. Já deu, né? FORA!»

Merda, 2 de outubro, 18h15. «Sapata escrota!»

A sra. Bauer não gosta das mensagens que contestam a sua atuação. Não quer que seus opositores venham cozinhar na sua panela. Que deixem seus comentários em seus próprios fóruns. Merda!, ela diz. Então, nesta manhã, ela me pediu para simplesmente apagar todas as mensagens de opositores. Mas insistiu naquelas particularmente insultuosas. Chamá-la de sapata? Que que é isso, gente?

Hoje passei o dia todo peneirando mensagens, como se fossem farinha de mandioca. É preciso retirar os pedaços empedrados para que o cuscuz fique fininho, sem bolinhas. Depois de peneirar tudo, deixei meu primeiro e único recado no fórum:

Adm., 15 de outubro, 17h04. «Não aceitamos comentários insultuosos sob nenhum pretexto. Se você deseja se expressar, evite insultos e tente desenvolver seus argumentos.»

Estava esquecendo uma informação importante: soube hoje de manhã que o sr. Khalifa é candidato nas eleições federais. Mireille Laudenbacher me disse até que não é a primeira vez que ele concorre. Segundo ela, é um homem bacana, humanista, tolerante. Mais do que isso, ele gosta dos animais, completa. No começo, achei que era uma piada, porque nunca vi nenhum outdoor do sr.

---

24 Aqui o autor brinca com o «fosso do rösti», a invisível fronteira linguístico-cultural que separa a Suíça francófona (no extremo oeste) da germânica. «Rösti» é um preparo de batata típico do «lado» leste.

A TRINDADE BANTU 101

Khalifa, nem nas ruas de Lausanne, nem em outras localidades do Vaud. Ele nunca se envolveu em polêmica. Nunca o ouvi no rádio. Nunca o vi na televisão a não ser fazendo escolta atrás de sua cara amiga, a sra. Bauer. Fiquei surpreso de verdade. Mas se ele acredita que tem chances, quem dirá que não?

O trem que me levará de volta a Genebra finalmente entrou na estação. Acomodo-me em um vagão silencioso. Meus primos daqui instituíram vagões em que é proibido fazer barulho. Um ícone representando um indicador sobre uma boca sinaliza isso. Escolho um canto tranquilo para me sentar. Fecho os olhos para descansá-los da longa jornada diante da tela. Uma cena vem à mente. Hoje, na hora do almoço, durante a minha pausa, sentei em um pequeno jardim público para comer o sanduíche que Ruedi tinha preparado na véspera para mim. Enquanto contemplava o jogo das cores outonais que pintavam o jardim, avistei do outro lado um grupo de garotos. Eram duas fileiras de alunos acompanhados de três mulheres de aparência afável. Deviam ser professoras da molecada. Passaram bem na minha frente, certificando-se de chutar os amontoados de folhas secas que cobriam o parque. Uma lourinha de óculos me lançou um tímido «Bonjour Monsieur». Sorri. Vi o grupo se deslocar em direção ao chafariz do jardim. A meio caminho, uma parada. Postaram-se na frente de um cartaz... aquele de sempre. Não tinha reparado nele. Fiquei pensando o que as professoras iriam dizer aos pequerruchos sobre aquilo e, mais ainda, o que essas crianças de sete ou oito anos iriam assimilar. O grupo ficou ali durante uns 15 minutos. Não consegui ouvir tudo o que foi dito na conversa. Mas uma brisa leve me soprou algumas palavras ditas num tom mais alto: discriminação, racismo, maldoso, o outro, os estrangeiros, intolerância etc.

Mal acabo de me lembrar dessa cena, e uma mão me toca. Quem poderia ser? Duas jovens mulheres me acordam. Começam a falar comigo. Mas não estão vendo que estamos em um vagão silencioso?

Safia e Orphélie! Duas grandes amigas. Fizemos faculdade juntos. Somos da mesma turma. Faz pouco mais de um ano que terminamos os estudos. De lá pra cá, perdemo-nos de vista. Cada um se dedicou à própria vidinha cotidiana. Mas éramos bem próximos. Tínhamos aula de segunda a quarta. O resto da semana era nosso. Os responsáveis pelo nosso mestrado diziam que essa organização da semana dava mais tempo aos estudantes para trabalhar, estudar, redigir seus trabalhos, ler, praticar esportes etc.

Às quintas e sextas, eu trabalhava com o sr. Nkamba no Nkamba African Beauty. Vendia de porta em porta nas casas de clientes negras para oferecer uma gama vasta de produtos de clareamento. Costumava trabalhar também aos domingos em igrejas evangélicas. Entre duas visitas agitadas do Espírito Santo, escoava minhas mercadorias. Vendia bem e ganhava um belo de um *gombô* em cima dessas senhoras.

Assim como eu, Safia era comerciante. Vendia roupas numa butique da rue du Rhône, em Genebra. Devia gostar do que fazia, porque era ligada em moda. Sempre fingia desmaiar ao ver as roupas extravagantes de algumas mulheres na rua. Orphélie, por sua vez, trabalhava em um bar descolado da parte antiga de Genebra. Reclamava com frequência dos horários irregulares do seu emprego. E também do comportamento pouco respeitoso de alguns clientes. Era uma mulher muito bonita. Trabalhava todo ano como recepcionista no Salão do Automóvel de Genebra. No Salão de Relojoaria também. Nós a admirávamos por isso. Eu precisava trabalhar pra viver e, de certa maneira, garantir a sobrevida dos parentes que ficaram na Bantulândia. Mas Safia e Orphélie

A TRINDADE BANTU

trabalhavam pra encher o bolso, comprar roupas e poder fazer viagens. Elas eram bancadas pelos pais.

Safia e Orphélie agora estão sentadas à minha frente. Precisamos mudar de vagão. Elas são muito elegantes: tailleurs escuros, blusas claras, sapatos de salto baixo. Só o collant de Safia a distingue —e mostra seu gosto por moda. O que ela escolheu é amarelo-limão. É o seu toque especial, pessoal. De toda forma, as duas estão perfeitas. Unhas bem cuidadas, maquiagem discreta e cabelos presos em rabo de cavalo.

Desde que o curso terminou, penso com frequência nelas. Ficava me perguntando o que teria acontecido com elas. Prometia a mim mesmo procurá-las. Depois esquecia, e então a ideia voltava a me ocorrer. Uma vez, tentei. Caí na caixa postal. Deixei um recado, esperando que retornassem. Nada. Silêncio sepulcral. Fiquei mudo eu também. Quis encontrá-las no Messenger. Como eu não tinha acesso à internet em casa, porém, esse meio de comunicação não me servia. E não seria no escritório da sra. Bauer que eu me permitiria usá-lo.

Nesse meio tempo, o tornado se materializou. De repente, caiu a noite. Chove a cântaros, e a água se choca violentamente contra os janelões do vagão em movimento. O trem desacelera de vez em quando, e uma voz com sotaque suíço-alema anuncia, também a cada tantos minutos, qual vai ser o atraso. Cerca de *orrto minuten*. Agora, *nóf minuten*. Minhas amigas e eu estamos nos lixando para o atraso. Quanto maior ele for, mais aproveitaremos este reencontro.

Jogamos conversa fora. Jogamos muita conversa fora. As meninas riem, riem alto. Algumas pessoas dentro do trem nos encaram. Nada que nos incomode. Continuamos a gargalhar. Falamos do mau tempo lá fora e da previsão meteorológica para os próximos dias. Falamos das catástrofes naturais. Lembramos coisas da faculdade como se as tivéssemos vivido muitos anos antes. Lembramos as noitadas de fim de semana. Lembramos as noites de estudo em véspera de prova. Lembramos um colega ou um professor que nos irritava.

— Ah, o cara de Metodologia de Pesquisa era um porre, diz Safia.

— Que apelido mesmo a gente deu pra ele?, pergunta Orphélie.

— Tartaruga, respondo.

Tiramos sarro com gentileza desse professor calvo, atarracado, sem bunda —reles continuação das costas—, cuja lentidão gestual e de fala lhe valeu o apelido réptil.

Fazemos silêncio aqui e ali. Orphélie se volta para o janelão, onde gotículas de chuva dançam. Safia ajeita o seu broche com grandes pétalas vermelhas e verifica a posição de seu collant amarelo-limão.

— Meninas, vocês são incríveis, elegantes demais.

— Obrigada, Mwána, responde Safia, arrumando uma mecha indisciplinada atrás da orelha direita.

Trocamos mais elogios antes do silêncio seguinte. O estrondo de um raio. Olho o collant de Safia e o vermelhão dos lábios de Orphélie. Contemplo a elegância de minhas antigas colegas de universidade. Olho pra mim. A diferença é marcante. Nem preciso perguntar a elas o que andam fazendo. As duas se deram bem, é visível. Não somos do mesmo planeta. Cerca de 12 *minuten*. A angústia de ficar mais alguns instantes neste trem, com essas duas moças, começa a me sufocar. Quero desaparecer. Sei que, se o atraso do trem continuar a aumentar, vai ser necessário abordar a questão —sim, a questão!— da qual não tenho a menor vontade de falar. Não quero falar de mim. Não tenho nada interessante a contar pra elas. Desde que deixamos de estudar, minha vida é só fracasso. Elas com certeza perceberam. Senão, teriam perguntado sobre mim. Orphélie não tira mais os olhos do janelão. Parece seduzida pela dança da chuva sobre a vidraça. Já Safia tirou uma

revista de moda da bolsa. Não. Se eu não reagir agora, nós seremos
como aquelas pessoas que não se conhecem. Pessoas que nunca se
viram. Pois eu não quero saber desse clima no restinho de tempo
que ainda temos nesse reencontro.

— O que vocês estão fazendo atualmente?, lanço.

Safia responde primeiro. Parece que estava só esperando a
pergunta. Responde de um jeito quase mecânico. Diz que acaba
de ser contratada como encarregada de missões estratégicas em
uma empresa de serviços de Lausanne. Conta que trabalha lá há
pouco mais de quatro meses. Que o emprego lhe serve como uma
luva Gucci e que gosta muito do que faz. Diz que está prestes a
deixar sua quitinete para alugar um apartamento no bairro de
Champel, em Genebra. Um baita apartamento, ela acha opor-
tuno detalhar, sorriso no canto dos lábios. Disfarço meu espanto,
pra não dizer minha inveja. Sorrio. Chego a rir. Parabéns!, exclamo. Sorrimos os três. Sim, mas só por alguns instantes. Então,
o silêncio volta a nos rondar. Safia retoma a palavra. Desta vez,
percebo-a na defensiva:

— Mas não pensem que foi moleza achar esse trabalho, tá?
Não foi nada fácil. Nadinha, nadinha. Precisei enviar várias candidaturas, ligar para um monte de gente. Isso para não falar dos
deslocamentos físicos. A resposta era sempre «não». Mas eu insisti. Até que um dia eu estava no lugar certo, na hora certa.

Orphélie me diz que trabalha para um banco. No setor de
comunicação e eventos. Ela cuida dos pedidos de patrocínio para
eventos culturais. Não dá muitos detalhes complementares, não
se alonga. Nem precisa. Não importa o que ela diga, sempre vai
pairar a suspeita de uma ajudinha de seu pai, alto executivo em
outro banco. Orphélie arremata contando que aquele é realmente
o emprego dos sonhos.

— E você, Mwána, o que anda fazendo?, tasca Orphélie
sem pestanejar.

Eis a questão que eu não queria ouvir.

— Eu? Annnn...

O que eu posso dizer a elas? O que eu devo dizer depois de tudo o que elas acabaram de contar? Tenho vergonha. Elas parecem tão distantes. Penso imediatamente em Monga Míngá. Quando eu era garoto, ela sempre dizia: as ovelhas podem até andar juntas, mas não têm o mesmo preço.

— Estou estagiando em uma associação de renome internacional. É uma organização que luta contra a discriminação ligada à origem das pessoas e que promove a diversidade e o multiculturalismo ao redor do mundo.

— Uau! Que interessante! Como ela se chama?

Um momento de hesitação e de solidão. O chão desmorona sob meus pés.

— OPMA, acabo dizendo. Organização da Paz Mundial e do Amor.

— Oi?

— Vocês não vão conhecer, meninas. Eles acabaram de abrir uma sede em Lausanne. Vão ter que dar uma olhada na Wikipédia. Está lá.

— Ok.

Elas não parecem muito convencidas.

— Você gosta de lá?, pergunta Safia.

— Adoro! É um negócio super legal. Quer dizer, tenho muita coisa pra fazer. Fico estressado porque é coisa demais. Tipo, não dá.

— E vai até quando?

— O quê?

— Seu estágio.

— É de um ano, renovável. Todos esses projetos em que estou trabalhando são um indicativo claro de que vão me contratar depois. É óbvio. Eles mesmos já me garantiram. Há verba para isso. Olha, eu tô contente demais. É realmente o emprego dos sonhos.

— Que legal. Fico super contente por você, diz Safia.

— Você merece, emenda Orphélie.

Falei da discriminação. As meninas me perguntam se minha Paz Mundial não sei das quantas reparou nos cartazes com as ovelhas. Sinto que agora foram longe demais. Percebo uma cachoeira de suor encharcar minhas axilas. Se elas continuarem com essas perguntas, é capaz de eu explodir. Mas busco me acalmar.

— Pode ter certeza que sim, respondo. Eles notaram esses cartazes. Mas têm muitas outras preocupações. Eles se ocupam mais da discriminação no plano internacional. As ovelhas não são muito a sua praia. Eles olham mais longe.

As meninas continuam parecendo pouco convencidas. Apesar disso, sorriem. E me dão parabéns.

O trem chega à estação de Genebra com cerca de *dezorrto minuten* de atraso. Despeço-me de Safia e Orphélie depois de trocarmos números de telefone e de nos prometermos um monte de coisas que, bem sabemos, jamais será possível cumprir. Nós também somos políticos, só que sem cartazes.

Quando entro na rua que vai dar no prédio em que moro, sinto lágrimas me subirem aos olhos. Lágrimas. Por que chorar? Raiva. De quem? Do quê? Elas não te fizeram nada. Óbvio que elas não me fizeram nada de mal. Mas cá estão as lágrimas. Talvez sejam lágrimas de alegria. Sim. Certamente. Porque estou orgulhoso de mim mesmo. Joguei o jogo. Fiz o que era preciso fazer. Joguei o jogo. Funciona assim: é preciso fazer de conta... Bem, não ia dizer a elas que eu faço um estágio de três meses em uma ONG-zinha pé-de-chinelo que não achou nada além de uma formosa ovelha negra. Também não ia lhes exibir toda a minha miséria. Não. Não ia dizer a elas que nem sempre consigo comer quando sinto fome. Que me alimento graças aos Colis du Coeur. Que até os Colis andam ficando com o *coeur* apertado ao nos ver, a Ruedi e a mim. Não ia dizer que a minha mãe está no estágio terminal de um câncer que decidiu fazer morada em sua garganta. Não ia dizer que eu e a minha irmã temos uma conta de seis mil francos suíços a quitar —módicos seis mil francos!—, uma continha que as Irmãs-gestoras acharam pertinente nos fazer pagar. Não. Não ia falar que recebo no estágio uma bolsa-auxílio que só vai me permitir ficar mais alguns poucos meses no apartamento de merda onde moro com o meu companheiro. Não ia dizer a elas que, em questão de semanas, quando terminar o meu estágio, eu talvez seja despejado por não conseguir mais pagar o aluguel. Não, não. Eu não ia contar que todas as minhas buscas de trabalho —caramba, quanto não procurei?—, todas as minhas candidaturas se resumem sistematicamente a fracassos glaciais que me gelam a espinha. Não ia lhes contar tudo isso. Não. Não ia baixar as calças pra elas. Tá certo que, na frente, eu era bem servido, mas nas costas... a vida só me enrabava. E isso ninguém quer ver. Era algo que eu não queria mostrar a elas. Ou você é bantu ou não é! Tenho meu orgulho a preservar, camarada! Eu sou bantu. Ôxe! Mesmo seco, o rio deve manter o seu nome.

As lágrimas acabam caindo. Abaixo a cabeça para não ser notado. Travo a mandíbula para engolir a dor que me arrebenta. Safia! A pequena Safia. Orphélie! Choro. Ainda estou chorando ao entrar em casa. O rostinho ruivo do meu Ruedi me acolhe e me ilumina os pensamentos. Choro mais e mais...

XIV

Monga Míngá nasceu em um vilarejo do noroeste da Bantulândia, no coração das florestas M'fang. Mostrou-se interessada pelo teatro desde cedo. No começo dos anos 1960, o então novo governo da Bantulândia e seu chefe militar tinham escolhido a cultura como prioridade. Era um meio eficaz para educar as massas. De quebra, permitia conquistar e manter a unidade da nação. Peças de alto valor pedagógico eram montadas por toda a extensão do território. Em função da região, os atores interpretavam em francês, inglês ou português. Monga Míngá sempre dividiu comigo e com a Kosambela as lembranças que tinha dessas apresentações teatrais. Multidões aglomeradas em torno de palcos módicos protegidos por militares armados até os dentes. Os atores-servidores públicos tinham como missão promover o respeito às autoridades militares, mas, sobretudo, condenar o tribalismo. Na plateia, o público chorava de rir. Talvez por se reconhecer. Ou talvez porque ele pouco ligasse para aquilo. Hoje em dia, mamãe diz que, no fim das contas, a mensagem não era assim tão importante: o tribalismo ficou intacto na Bantulândia desde os anos 1960, vejam bem.

Com 15 anos, depois de obter seu diploma de ensino fundamental, Monga Míngá se lançou nas artes cênicas. Seus pais ficaram escandalizados. Ela estava na idade de se casar e de começar uma família. Mas Monga Míngá tinha outros sonhos. Estava cismada. Não se via acabar daquele jeito, como as jovens mulheres de seu vilarejo, os peitos murchos e sempre enfiados na cara de pirralhos banguelas. Ela tinha seu diploma no bolso. Na época, era só o que se pedia para virar servidor. Sem processo seletivo, Monga Míngá tinha virado atriz. Ela atravessava, como sempre tinha sido seu desejo, todas as cidades da região M'fang e foi além, por toda a Bantulândia, para pregar a mensagem da nova gestão bantu.

Nos anos 1980, uma outra gestão bantu decidiu cortar uma parte do orçamento reservado à cultura. Era preciso aumentar o soldo dos militares, uma vez que golpes de Estado andavam na moda. O salário dos atores passou do pouco para o irrisório. Para viver com dignidade, só restava a Monga Míngá se casar. De toda forma, na idade em que estava, já não imaginava mesmo ficar sozinha. Ela tinha 20 anos e ainda não havia sido mãe. Mesmo que não fosse para se casar, ela queria ter um filho!

A vergonha da família era ela.

Zambi pôs em seu caminho um tal de Sangôh Matatizo. Militar. Nada de salário cortado para ele. E o *gombô* que ele recebia não era qualquer um, não. Era do fresquinho, do arrumadinho. A longevidade da nova gestão bantu dependia do Exército — dele, portanto.

Os espetáculos de teatro iam desaparecendo dos vilarejos. A maior parte dos atores tinha mudado de emprego. Só alguns aficionados aguentavam os cortes salariais e continuavam a servir à nação cristã. Os outros tinham tirado da dispensa suas enxadas, facões e lanças de caçar. As pessoas voltavam a trabalhar na agricultura ou como contínuos em repartições públicas, ou ainda como

A TRINDADE BANTU

111

motoristas de táxi. Monga Míngá foi uma das poucas a ficar no emprego. Dinheiro não faltava. Seu marido não era militar, afinal?

Euzinho também aproveitei o *gombô* do meu pai. Na Bantulândia, filho e filha de militar andam de cabeça erguida e peito estufado. Ei, você aí! Tá me vendo? Não sou um mané qualquer, não. Sou filho de militar. Faço o que eu quero, quando eu quero e onde eu quero. A proteção que a condição de militar do meu pai dava transbordava de mim. Até na escola os professores ficavam em posição de sentido, reverentes. Sabiam a quem chicotear como gado. Espancavam com gosto os filhos dos outros, aqueles cujos pais não eram nada que inspirasse medo. Eu, por outro lado... tinha o que era preciso para merecer o respeito dos meus professores e até da direção. A proteção militar. Levanta a mão pra mim, e meu pai te aniquila.

Lembro que uma vez minha irmã Kosambela chegou a insultar a diretora da nossa escola. Mas esta a estava apenas repreendendo por não fazer a lição de casa, e com razão. Kosambela não digeriu a crítica. Era filha de militar, no fim das contas. Por isso, achou por bem xingar a diretora de tudo quanto foi jeito. Consternada, essa última chamou à escola Monga Míngá e Sangôh. Razão: mau comportamento. Sangôh ficou bravo. Mas bravo de verdade. Primeiro, moveu mundos e fundos para que a diretora que tinha ousado acusar sua filha de mau comportamento fosse presa. Depois, já em casa, encheu a Kosambela de cintada. Monga Míngá chorou. Não mata minha filha, homem! por favor, não mata minha filha! Mas o papai não tomou conhecimento. Ele sabia que sua esposa era atriz. Vendo que papai não parava de esquentar as nádegas da Kosambela, Monga Míngá pulou nas costas dele e tascou-lhe uma mordida na orelha direita. Ele gritou como um esquilinho preso numa arapuca.

Na noite passada, no quarto da mamãe na clínica San Salvatore, lembramos esse momento. Rimos. As enfermeiras até nos pediram para diminuir o barulho. Monga Míngá não consegue rir de verdade por causa do balão que puseram na sua barriga —ele a impede de soltar uma risada digna de uma atriz da sua estirpe. Ela se contenta com pequenos soluços. De seu lado, Kosambela ri muito. Melhor assim. Isso faz com que ela esqueça, por alguns minutos que seja, a dor nas costas. No fundo, não gosta muito que eu conte essas anedotas porque mudou muito desde aquela época. Ela hoje é filha de Zambi e vai a todo lugar com seu lenço de cabeça e seu terço. Assim é.

Sangôh andava cada vez mais ausente. Corriam rumores no vilarejo de que ele tinha arranjado uma amante. Não era exatamente um «furo». Naquela época, que homem do nosso vilarejo poderia imaginar não ter um estepe? Que homem de lá poderia conceber só comer a mandioca dele, e nada mais, dia após dia? Sangôh tinha escolhido uma grande amiga de mamãe como amante. Aquela que até hoje chamamos Tantine Bôtonghi, titia Bôtonghi. Ela era uma mulher bela, moderna e paparicada pelo marido. Mamãe sabia que a titia Bôtonghi comia a banana com especiarias do papai.[25] Todo mundo sabia. Mas mamãe fechava os olhos para isso. Não era culpa de sua amiga, ela tinha certeza. E no mais, que mulher daquele vilarejo podia se queixar das saídas de seu marido? Na nossa terra, costumamos dizer que o homem está «aí fora», como seu sexo, e que a mulher está «pra dentro». Mamãe aceitava dividir papai com a melhor amiga. Em um arranjo assumidamente poligâmico, haveria menos problemas. A questão era que Bôtonghi era nada mais, nada menos do que a mulher de um colega militar do papai! Que brincadeira é essa de roubar a mulher de um militar, senhores?

---

25 A banana da terra frita com especiarias como pimenta e gengibre é uma receita típica da culinária camaronesa.

A TRINDADE BANTU

O corno uma noite pegou o colega Sangôh fazendo exercícios militares em cima de sua esposa Bôtonghi. Meteu-lhe uma paulada na nuca. E foi assim que Sangôh se foi, em plano campo de batalha. Foi embora desse jeito, deixando-nos, a mamãe, a Kosambela e a mim, sem nenhuma proteção militar. Se mandou dessa exata maneira, sem dizer bye, bye como deveria.

Titia Bôtonghi foi rechaçada. É a vergonha do lugar, gritou uma voz cheia de hipocrisia. *Shame!* Aquela que foi a porta de entrada do infortúnio em nosso vilarejo. Aquela que nos tinha feito perder um militar. A ira da cidade se abateu sobre ela. Usou suas últimas reservas para fugir para a Helvécia, para Genebra. Titia Bôtonghi sabia que era ali, em Genebra, que os militares dissidentes (as ovelhas negras, como teria dito meu pai Sangôh) iam buscar refúgio. No vilarejo, também acusavam mamãe de ter matado seu marido. Diziam que, se ela não tivesse deixado a coisa rolar, Sangôh não estaria morto. Era o que falavam aquelas mulheres que ainda pensam que o marido não pode comer arroz todos os dias. Prefiro deixá-lo sair, diziam algumas. Parece que o beribéri[26] mata. Enxotaram-nos daquelas paragens. Fomos nos refugiar na região de M'bangala, do outro lado do rio Ubangui. Mamãe não tinha mais opção. Era preciso parar com o teatro. Se ficasse esperando a pensão de seu marido morto, iria mofar sob o sol. Com o diploma de ensino fundamental debaixo do braço, ela acabou achando um emprego de encarregada-geral em um bananal no norte da Bantulândia.

---

26 Doença causada pela falta de vitamina B1 no corpo. Também chamada de tiamina, ela é responsável pelo metabolismo de carboidratos. O aparecimento do beribéri está ligado ao consumo excessivo de alimentos como arroz, mandioca e farinha de trigo.

Alguns anos depois, certamente para se redimir, titia Bôtonghi aceitou nos receber na casa dela em Genebra.

Hoje, Monga Míngá está aqui na terra dos nossos primos. Tem um Kongôlibôn igual ao meu. Talvez tenha sonhado um dia conhecer a Europa. O quinhão de Europa que lhe cabe agora se resume a um quarto de hospital. Sem anticorpos. Sem qualquer proteção militar. Ela só tem o doutor Bernasconi e sua equipe. Ela se apoia em Zambi, Elolombi e, sobretudo, nos espíritos Bankokos, dentre os quais o de papai.

XV

As respostas são sempre negativas. Já faz mais de um ano que não chega uma convocação para entrevista. Tá ficando pesado. É muito duro. É vexatório. Derruba a gente. Fico com a impressão de ser estúpido. De não servir para nada. Como a boca de mamãe, incapaz de fazer o que quer que seja. Os «nãos» me atingem como tapas na cara. Tapas numerosos.

Antes, quando eu recebia essas respostas negativas, ligava para saber mais sobre o não aceite. Era também um jeito de mostrar que estava motivado. De deixar uma marca. Com uma voz agressivamente sóbria e serena, a pessoa do outro lado da linha me fazia entender que tinham chafurdado em centenas e mais centenas de candidaturas. Que a escolha tinha sido muito difícil. Que eu, como muitos outros candidatos, preenchia todos os requisitos. Que tinha um perfil ótimo, uma trajetória profissional muito boa, uma formação excelente. Que a minha experiência como vendedor era perfeita, que isto ou aquilo tornava excepcional a minha candidatura... mas que havia gente melhor do que eu. Tanto assim que eu não conseguia nem figurar numa primeira triagem de selecionados. Não queriam me ver, me receber, me ouvir, me dar uma chance, escutar o que me motivava. E se tivessem ao menos me chamado para uma entrevista? E se tivessem depois dito «não»? Como será que eu teria reagido? Sairia disso maior, motivado ou derrubado?

Um dia, enquanto digitava um comunicado à imprensa que a sra. Bauer tinha me passado, meu telefone tocou. Era um número desconhecido. Um telefone fixo. Em casos assim, sempre fico dividido entre o júbilo e a resignação. Encho-me de alegria pensando que esse telefonema pode ser de um empregador potencial me anunciando uma entrevista de trabalho. Esse júbilo, porém, sempre se transforma em resignação. Fico bem decepcionado ao perceber que se trata apenas de uma empresa de telemarketing que deseja me oferecer um produto de que eu não preciso de jeito nenhum. Xingo quem está do outro lado da linha antes de desligar na cara. Impostores dos infernos!

Mas nesse dia foi diferente. Do outro lado da linha havia uma moça do setor de recursos humanos de uma empresa local para a qual tinha me candidatado. Pela primeira vez em mais de um ano, senti a alegria se instalar no meu coração. A moça disse que tinha recebido a minha candidatura. Que eles estavam interessados. Propôs uma entrevista. Agendamos. Depois disso, soltei suspiros vitoriosos. No meu entender, já estava tudo certo. Nem pensar em perder essa chance única, tão esperada. Uma grande lufada de oxigênio. Um renascimento. Uma ressurreição. Já podia me ver no trabalho novo, tranquilão. Adeus, ovelhas negras. Adeus, sra. Bauer e cia. Vou atrás de todos os meus colegas de faculdade pra dizer que eu também acabei encontrando uma coisa pra mim. Uma coisa de verdade. Vou mudar minha postura. Perder o ar *loser*, trocá-lo por uma cara de «escolhido». A transformação será tamanha que todo mundo vai perceber. Irei a Lugano dizer à minha mãe que os dias de sofrimento ficaram para trás. Que eu vou me encarregar de uma parte dos custos da internação dela. Que as Irmãs-gestoras da clínica San Salvatore daqui em diante podem guardar para si sua caridade. Vou poder cuidar da minha Kosambela e de suas dores nas costas. Poderei levar meus sobrinhos ao circo Knie, onde verão elefantes e cachorros dançarem a rumba bantu. Poderei ir às montanhas dos Grisões ver a família do Ruedi e lhes dizer: «Isso mesmo! Vocês não precisam mais nos ajudar. Achei um *Arbeit*, um trabalho». Euzinho vou poder fazer tudo isso. Liberdade.

Liguei para Ruedi. Ele cozinhou lentilhas e legumes para comemorarmos. Percebíamos como a nossa vida mudaria.

No dia seguinte, bem cedo, recebi um e-mail dessa moça do setor de recursos humanos. Por certo seria um contrato ou ao menos a confirmação do nosso próximo encontro. Acontece que não. Ela voltava a me contatar para dizer que tinha se enganado de candidato. Falava em erro. Não era comigo que ela queria se encontrar. Pediu um milhão de desculpas por me desapontar. Cancelou nossa reunião. E me desejou sucesso na continuação das minhas buscas por emprego.

Depois de anos e anos de estudos e especialização, ainda não sou o candidato certo. Sempre há alguém melhor do que eu. E deve ser verdade. Bom, imagino que sim. Não faltam talentos por aí. Deve haver gente melhor do que eu. Se me dizem isso, deve ser verdade. Ainda mais porque me falam isso com uma voz calma, calmíssima, cheia de compaixão. Conforta. Dá um tantinho de esperança. As pessoas que eu encontro ou com as quais falo ao telefone são tão amáveis, tão empáticas, tão sensíveis —mas também tão assertivas. Sua voz a um só tempo fere e cicatriza. Fura e estanca. Rasga e acalma. Ofende e elogia. Tenho o perfil ideal, ok, mas não o certo. Quer dizer, ao menos não desta vez. E ainda menos da próxima. Vai ser preciso tentar de novo, outra vez mais. Manter a esperança.

Acho que estou me acostumando. Essas palavras de rejeição, eu as conheço de cor. Antes, elas me apunhalavam, me abatiam, me mortificavam, me rebaixavam. Agora, quando as recebo, leio-as em voz alta, recito-as de um jeito burlesco, trágico, lírico. Rio delas a plenos pulmões. Rolo no chão da cozinha. Rasgo a carta de não aceite em mil pedaços que jogo sobre mim mesmo. Rio do meu infortúnio. Rio da minha estupidez. Rio da minha loucura. Choro. E como lentilhas para esquecer.

Não há saída. Isso me faz pensar no espelho do elevador da agência de empregos. Aquele espelho que te avilta e te lembra o tempo todo que você nunca vai sair do perrengue. E é verdade. Nunca vou sair. Eles têm razão. Não tenho o perfil adequado. Não correspondo àquilo que se busca. Certamente, nunca vou corresponder. Nunca estarei à altura de suas expectativas. Nunca alcançarei esse patamar. Espera, o que é que eu tô falando? Tô ficando maluco. Nunca vou alcançar? Ah, não. Convenhamos, né? Um dia... nunca.

Recentemente, Monga Míngá me disse ter ouvido no rádio, em seu quarto de hospital, que a taxa de desemprego tinha caído ainda mais na Helvécia. Que políticos de todas as correntes tinham comemorado. Eu não reajo. Nenhuma vontade de que ela martele que eu não me esforço o suficiente, que eu reclamo demais. Quando digo que é dureza, responde: a hiena que passa o dia gargalhando nunca terá sua presa. É preciso procurar, insiste. Talvez tenha razão. O desemprego caiu mesmo no último trimestre. Também li isso no estágio. Foi a sra. Bauer que me mostrou o jornal com a notícia, dobrado na página em que ela aparecia. Não entendi por quê. Foi para me espezinhar ou para me estimular? A taxa é a mais baixa da Europa, na casa dos 3%. Em Paris, Berlim, Roma, todo mundo se esfola para cortá-la. Aqui na terra dos nossos primos helvéticos, ela agoniza docemente, por conta própria, sem esforço aparente. Mas a mim ainda cabe esperar.

Monga Míngá me perguntou como os outros se viravam. Então, como eles fazem?, lançou-me com um ar de espanto.

A TRINDADE BANTU

Perguntou como faziam esses recém-formados de que a TV falava todo dia? Como fazem aqueles que, meses apenas depois de se formarem, já são «escolhidos»? Como eles fazem? Como as minhas amigas Safia e Orphéline se viraram? Foi a hora certa? O lugar certo? A candidatura apropriada? A carta correta? O contato certo? Só isso? Como se viraram meus colegas de turma que conseguiram encontrar uma coisa de verdade? Será que acumulam nas costas mil anos de experiência profissional? Só Zambi sabe.

Na minha mesinha de cabeceira há um retrato da turma feito durante a cerimônia de entrega dos diplomas do mestrado. É uma foto linda, que guardo como um tesouro. Para mim, é um troféu que representa não apenas o meu percurso universitário aqui na terra dos meus primos helvéticos mas também laços de amizade tecidos durante anos. Para essa cerimônia, comprei um terno escuro como aqueles que a gente usa em ocasiões especiais. Lembro-me que Kosambela e titia Botônghi estavam lá. E também que o diretor da faculdade pronunciou o meu nome, Mwána Matatizo. Pronunciou errado, aliás, mas não tem problema. Aplaudiram-me sem grande entusiasmo. Minha irmã Kosambela e titia Bôtonghi, do fundo da sala (à qual tinham chegado com atraso, meus dois sobrinhos a tiracolo), gritaram um poderoso iuiu bantu. Espantada, a sala toda tinha se virado pra olhá-las. Elas não estavam nem aí. Continuaram urrando como fazemos em nosso vilarejo: uuululu-lulu uuuuuu!! Morri de vergonha.

Sorrio ao me lembrar disso.

Uma cópia dessa foto que tenho agora nas mãos foi enviada na época para a Bantulândia, para a região de M'bangala onde mamãe se refugiou. Virei seu orgulho. Seu filho, formado numa escola de Brancos. Era a consagração. Kosambela, que acusava o ex-marido de desrespeitá-la porque ela não tinha estudos completos como ele, agora ganhava uma artilharia pesada: um irmão formado na Universidade de Genebra.

Kosambela não gostou da presença de Ruedi na cerimônia. Ela o detestava. Mas tinha tanto orgulho de mim que preferia ignorar o intruso. Queria saborear o momento, já que ela havia optado por priorizar o casamento aos estudos. Quando penso em tudo isso, sorrio. Digo pra mim que tudo vai dar certo. Olho de novo para a foto que tenho nas mãos. Meu sorriso ali está radiante. À minha volta, Sofia e Orphélie também sorriem. Um sentimento de orgulho toma conta de mim. Abro a gaveta da mesinha de cabeceira para guardar esse souvenir. Uma pilha de cartas me fita com desprezo. Papelada. A papelada do desespero. Meus ombros desabam. Quando chegará o dia em que estarei no lugar certo, na hora certa? Ele há de chegar. Vou conseguir. Um dia. Não perco a esperança. Um dia. Mas quando será? Não sei... um pouco mais adiante, talvez. Com certeza. Somos servidos por ordem de chegada. Quem vem de fora deve esperar. Vou precisar esperar a minha vez. E me mexer também. Me mexer, mas esperar, sobretudo.

E se eu voltasse para a Bantulândia? É uma solução. Tava me esquecendo disso. Com os meus diplomas, serei reconhecido e requisitado, sem dúvida. Os chefões da nova gestão bantu adoram os «cabeçudos» que vêm de fora. Vou cavar meu lugar no regime. Vou poder ter ambições elevadas. Enquanto viúva de um militar, Monga Míngá diz que, para mirar alto, é preciso entrar para a política. É necessário tirar a carteirinha do Partido Democrático da Bantulândia (PDTB), o único que existe por lá. Vou me filiar a ele. Se for de fato preciso, farei isso. Vou me dedicar integralmente a ele. E não vou perder a chance de marcar meu primeiro gol desde a minha entrada em campo. Monga Míngá diz que essa é a melhor forma de se fazer notar. Vou, por exemplo, cantar uma apologia ao chefe militar da nova gestão e à sua esposa. Virarei discípulo deles. Vou evangelizar todas as almas perdidas da Bantulândia, seja onde for, até nos rincões mais afastados. Falarei a elas em nome do nosso chefe militar. Arrebanharei almas para o nosso Movimento Nacional Cristão. Serei impiedoso com os insubmissos, não sem antes lhes dar uma chance, no corredor da tortura. Se teimarem, irei enterrá-los vivos ou oferecê-los aos dentes dos cães. Serei promovido. Serei alguém. Serei o braço direito do nosso chefe militar. Andarei com ele por tudo quanto é lado. Com ele voltarei sempre à terra dos nossos primo distantes para longas missões. Voltarei aqui de tempos em tempos e não saberei mais o que é passar necessidade. Irei fazer uma doação aos Colis du Coeur. Irei visitar a minha conselheira na agência de empregos para lhe dizer que virei alguém. E não vou me esquecer da sra. Bauer, do sr. Khalifa, de Mireille Laudenbacher... e de seu cachorro.

Enquanto não posso fazer tudo isso, devo dar o meu melhor no estágio. Mas a minha motivação está lá embaixo. Só o aluguel me faz continuar ali. É tudo o que me faz acordar de manhã. Umas semanas atrás, perguntei à sra. Bauer o que ela podia fazer para me ajudar. Talvez ela conheça alguém que possa me ajudar a encontrar uma coisinha a longo prazo. Vou ver, ela me respondeu. Vou ver, mas não posso te prometer nada. E desde então, nada mesmo. Seu silêncio me tortura. Ela fica na sua bolha, eu na minha. Luta ferozmente contra essa história de ovelhas negras, enquanto eu vivo essa história de ovelha negra. Luta para que seu amigo Khalifa consiga se elejer em Berna —isso nunca vai acontecer. Ele vai permanecer em Lausanne. As ideias deles não vão avançar muito.

XVI

A doença de mamãe é um duro golpe para os parentes, tanto os que ficaram em M'fang, de onde ela foi enxotada por suposta cumplicidade na morte de seu marido, quanto os de M'bangala, onde ela encontrou refúgio. Ao vir para a Helvécia, Monga Míngá deixou um rastro de pessoas de que se ocupava. Ela era encarregada-geral em uma plantação de banana, certo? Seus dois filhos trabalhavam na Helvécia, não era? Então cabia a ela cuidar dos seus parentes. E também dos que a tinham forçado a partir de M'fang para se apossar dos bens deixados por Sangôh. Eles voltaram a procurá-la e pediram um perdão do tamanho da fome que sentiam. Mamãe os acolheu de braços abertos. De sua casa em Genebra, titia Bôtonghi foi contra, mas Monga Míngá a lembrou da importância que a fidelidade tem como valor entre nós.

Na casa nova em M'bangala, muitos esperam ansiosamente a volta de Monga Míngá. Têm certeza que, sem ela, sem mim ou minha irmã, não vão conseguir se virar. Lá está, por exemplo, Ntumba, filho da prima do tio Ezoké. Um molecote de 20 anos. Ele puxa o riquixá o dia todo para ganhar três vinténs. Não é que lhe falte educação para achar algo melhor. O jovem Ntumba tem um diploma de conclusão do ensino médio. Mas lá na nossa terra, ainda mais do que aqui na dos meus primos, o desemprego pouco se lixa para diplomas. Por isso, todo mundo arregaça as mangas e se vira como pode. Desde que mamãe ficou doente e deixou de poder bancar sua faculdade, ele recorreu ao riquixá para se manter. Ele poderia ter se alistado no Exército da nova gestão bantu, mas seus sonhos são outros. Parece que mamãe lhe prometeu trazê-lo para a Helvécia. Em seu leito de hospital, ela pensa sempre nisso. Kosambela, porém, já disse que não há lugar aqui para Ntumba. Não agora, ao menos. Ele precisará esperar um pouco.

Além de Ntumba, na casa vive Mussango, o sobrinho da tia da avó Ngonda, que pegou um quartinho ali. E também Nyamsi, a neta da tia da minha mãe. Dorme no chão da sala. Estão lá ainda Nkempé, Mbendi, Bipum, Ossolo e vários outros que eu nem sequer conheço. Essa galera vivia sob as asas de Monga Míngá antes de o infortúnio bater à porta.

Desde que Monga Míngá chegou aqui, coube a Kosambela cuidar desse grupo. Ela não tem muito dinheiro, mas faz o que pode. Sempre me pergunta se tenho uma graninha para colocar na «vaquinha». Digo que não. Ela então pede que eu reze a Zambi pra fazer brotar dinheiro. Como ela também não tem grana suficiente, procura o ex-marido, aquela coisa lá. Ao menos em situações assim, ele pode lhe ser útil. E se ele se recusa a participar do esforço, ela o xinga de todos os nomes e ameaça voltar para a Bantulândia com os filhos deles. A «coisa de marido» começa então a chorar e a suplicar que ela não vá embora. Ele capitula e acaba fazendo tudo o que ela pede.

De tempos em tempos, Kosambela ajuda a aliviar os irmãos e irmãs que ficaram na terra natal. Há tantas bocas a alimentar que a ajuda nunca é suficiente para manter todo mundo firme. Que dirá para Ntumba voltar à faculdade. Aliás, tivemos há pouco a notícia de que sua namorada está grávida dele. No vilarejo, a família

A TRINDADE BANTU

ultrajada acusa a moça de ter «roubado» esse bebê de Ntumba por saber que Monga Míngá iria enviá-lo à Helvécia. Dizem que é uma puta, uma feiticeira, uma ladra de bebês, uma sem vergonha, uma cadela. Diante de tudo isso, Kosambela falou a Ntumba que ele vai precisar puxar bastante o seu riquixá pra preparar o enxoval da criança. Zero chance de ela fazer chover *gombô* em cima dele se ele não consegue, nem por um instante, manter o bilau dentro da cueca.

Kosambela também se encarrega de atualizar quem está longe sobre a evolução do estado de saúde de mamãe. Mas faz isso quando dá, porque o preço dos cartões telefônicos para ligar pra fora é salgado e porque a doença de mamãe a deixa tão abatida que ela não tem vontade de falar sobre isso com quem quer que seja. Salvo com Deus, quiçá. Então, Kosambela não passa adiante todas as notícias. E existe ainda outro motivo para isso. Talvez um motivo bem mais importante do que os anteriores. Ela diz que há feiticeiros demais nas famílias bantus. Acha que a feitiçaria bantu pode fazer o mal à toa. Fazer o mal só para saber como é, para passar o tempo. Para ela, esse tipo de feitiçaria pode ser mortal. Mata tudo que encontrar pelo caminho, até os defuntos. Essa magia negra não conhece fronteiras, ela acrescenta. Não é porque estamos aqui na terra dos Brancos, escondidos atrás das montanhas cobertas de neve da Helvécia, a milhares de quilômetros da nossa casa, que isso não pode nos alcançar. Minha irmã diz que essa feitiçaria bantu aí pode abrir trilhas para si até em redes de telefone e de satélite. Por isso, quando ela liga para a família na Bantulândia, conta apenas que está tudo bem. Diz que mamãe está bem, que logo vai se recuperar, que é preciso apenas seguir acreditando no milagre. É necessário continuar rezando.

— Por que você não conta a verdade para eles?, perguntei hoje de manhã, quando estávamos na cantina da clínica San Salvatore.

Ela manteve a calma. Sem esboçar qualquer reação, seguiu comendo sua torta de maçã. Deixou minha pergunta no ar. E então me respondeu, num tom sereno.

— Fratellino, seguro morreu de velho.[27]

— Aí, ó! Sabia! Para você, o mal está em todo lugar. Todo lugar!

— Olha, de verdade, só posso te aconselhar a rezar.

— Reze por você, isso sim. O medo não combina com Zambi.

— Que Deus te dê sabedoria, fratellino.

— Por mais alto que vá um objeto lançado, é sempre no chão que ele vai acabar caindo.

— Isso é quando se foi a uma escola de Branco. No caso dos bantus, pode parar no ar.

É a última frase retumbante de Kosambela, que só vê o mundo em preto e branco. Para ela, eu não sou mais um Bantu raiz. Acha que eu me diluí demais. Que virei um Branco com a pele negra. Diz que eu sou como um coco, mas estou simplesmente pedindo a ela para dizer a verdade às tias e tios da Bantulândia. Kosambela mantém sua posição. Ela é assim. É muito difícil fazê-la mudar de opinião. Então, em relação aos parentes da Bantulândia, vamos apenas dizer que está tudo bem. E vai ficar ainda melhor com a graça de Zambi. Ponto final.

Na Bantulândia, costumamos dizer: não há desgraça sem alegria. A doença de Monga Míngá não é só algo ruim para ela e para toda a família. Por mais triste que seja, essa situação traz um pouco de ânimo às tropas. Desde que mamãe ficou doente, por exemplo, ela mora conosco, aqui na Helvécia. E isso não é algo desimportante. Posso vê-la, tocá-la, falar com ela quando quero.

---

27 No original, «ne te laisse pas lécher par qui peut t'avaler», ou «não se deixe lamber por quem pode lhe devorar». Ou seja, um chamamento à prudência. O provérbio teve origem no Benin.

A TRINDADE BANTU 127

Não preciso mais percorrer milhares de quilômetros, uma vez por ano, para reencontrá-la nas florestas da Bantulândia. Não preciso também ter um dinheiro guardado só para os cartões telefônicos que uso para ligar para a África.

Aqui, tenho um passe anual, como dizem meus primos. É ele que me permite usar o transporte público como e quando quero, em todo o território helvético. Tudo bem que custa os olhos da cara. Mas comprei-o com a grana que ganhei do sr. Nkamba, para quem vendia produtos de beleza a homens e mulheres cansados da negritude de suas peles.

Peguei um passe com a ideia de facilitar a minha busca por emprego. Não queria que nada representasse um obstáculo. Queria estar pronto para ir trabalhar onde quer que aparecesse oportunidade na Helvécia, mesmo que fosse a centenas de quilômetros da minha casa. Se não fosse esse passe, não teria podido ir ao escritório da sra. Bauer para o meu estágio contra a ovelha negra. Mas a maior vantagem desse passe é sem dúvida o fato de eu poder ir visitar Monga Míngá na outra ponta da Helvécia na hora em que bem entendo. Pego o trem e atravesso o país, do lado oeste ao sul. Saio de Genebra em direção ao Ticino passando por onde eu quiser. Bebo com entusiasmo as paisagens maravilhosas daqui: são tapetões verdes a perder de vista. Montanhas que te encaram com ar de superioridade e impõem respeito. Lagos tímidos que silenciam ao passar do trem. E claro: as incontornáveis vaquinhas! Como são pedantes!

Uma outra vantagem da doença de mamãe é que eu e Kosambela nos reaproximamos. *Cioè*. Lembram-se da história do doutor Bernasconi e do casamento dele com um homem? Isso tinha escandalizado Kosambela. O dia em que soube que, como o doutor Bernasconi, eu—seu irmão de sangue que ela amava mais do que tudo—também era do outro time, desmaiou.

Toda essa história saiu da boca de titia Bôtonghi.

Ela tinha me visto de mão dada com Ruedi numa ruela do bairro antigo de Genebra. O beco não era muito iluminado. Foi justamente por isso que me permiti tal gesto. Mas algo aparentemente desimportante me entregou: meu *Kongôlibôn*. Quando minha cabeça raspada passa em qualquer lugar, emite ondas em todas as direções. Não era muito difícil concluir: olha, deve ser o Mwána passando ali. E não sei que diabos a titia Bôtonghi estava fazendo naquela rua, tarde da noite daquele jeito.

— Oi, meu filhinho Mwána! Quais são as novidades?

Reconheci na hora a voz de titia Bôtonghi. Fiquei imóvel por um instante. Soltei a mão de Ruedi para me virar devagarzinho. Tarde demais. Ela já tinha visto tudo.

— Ooooooooooi, titia, balbuciei.

— Vejo que está bem acompanhado, disse ela, exibindo o sorriso malicioso que só as comadres da nossa terra sabem estampar.

— Titia, este é o Ruedi.

Eles se cumprimentaram. Ela mediu Ruedi de cima a baixo com os olhos. Depois, ficou olhando para um e para o outro, rindo e mexendo o queixo. Fiquei muito sem graça. O que ela iria contar ao pessoal da Bantulândia? Ruedi não estava sacando nada Só ficava sorrindo para titia Bôtonghi. E sorria tanto que ela a certa altura nos disse:

— Filhinhos, venham me visitar quando tiverem um tempinho, tá?

— Com certeza, respondeu Ruedi.

Teria dado tudo para fazê-lo fechar o bico.

— Titia, tamos meio apressados. Já é tarde.

— Divirtam-se bem, filhinhos.

Nesse «divirtam-se bem», eu entendi tudo. Sabia que a notícia não ia demorar a dar a volta no planeta. Tava ferrado. Conhecia bem a titia. Eu e minha irmã tínhamos morado com ela durante anos. Quando Kosambela se casou com aquela coisa de marido e ido morar com ele nas montanhas do Ticino, fiquei com titia. É desse tempo que sei que sua boca consegue falar manhã-tarde--noite sem parar. Ela e algumas de suas amigas (que eram também minhas clientes) sabiam tudo sobre todo mundo na comunidade negra da Suíça francófona, e talvez até para além dela. Até aquele momento, eu me felicitava por minha ficha corrida ser a única a não cair nas mãos delas. Mas eis que o meu Kongôlibôn tinha me colocado em maus lençóis.

Bem cedo na manhã seguinte, como já esperava, meu telefone tocou. Era Monga Míngá. Naquela época, ainda tinha a bela voz de atriz.

— Alô, Mwána?

— Tá boa?

— Não é por minha causa que estou te chamando. É por você mesmo.

Ela falou isso num tom tão belicoso que só o que consegui fazer foi me calar. E então, ela prosseguiu.

— O momento é delicado!

— O que houve? Tem alguém doente aí?

— Deixe os outros pra lá. Precisamos conversar, eu e você. Porque o tipo de coisa que chegou aos meus ouvidos pede uma conversinha.

— Diga aí.

— Não me apresse. Deixe-me ter o tempo de escolher bem as palavras. Porque, de onde a gente vem, dizem que o rio faz desvios equivocados quando ninguém lhe mostra o caminho.

— ...

— Você sabe bem que, desde a morte do pai de vocês, eduquei sozinha a você e à sua irmã. Mostrei a vocês o caminho certo. Zambi lá do céu é testemunha. Lutei como um soldado para fazer com que vocês fossem pessoas corretas Dei-lhes tudo. Tudo mesmo. Dei tudo para que você vivesse onde está hoje. O que foi que eu não te dei, Mwána? Hein! Me diz. O que foi que eu não te dei? O que eu não fiz por você, meu filho? As pessoas chegaram a me repreender dizendo que te mimava demais. Pois é! Se eu soubesse. Sal demais estraga o molho! O que foi que não me disseram por sua causa, Mwána?

— Não sei onde você está querendo chegar.

— Não sabe? Não sabe que a Bantulândia inteirinha já está a par do seu comportamento imoral?

— Monga Míngá, você dá trela pros rumores, pros «dizem que...» ?

— Ué, as orelhas não são feitas para ouvir? Parece que ouviram dizer que você foi visto beijando garotos pelas ruas de Genebra. Você faz isso ao ar livre, na frente de todo mundo? Não tem vergonha? Zambi está te vendo. Mwána, meu filho, Zambi está te olhando! Foi para fazer saliência com pessoas no meio da rua que eu te mandei pra Genebra?

— Monga Míngá, me ouve...

— Não! É você que vai me ouvir agora. Você está me cobrindo de vergonha!

Mamãe continuou soltando os cachorros sobre mim. Falou até que seus créditos para chamada terminassem. Alguns minutos depois, voltou a ligar. Não atendi. Ela insistiu mil vezes. Desliguei meu telefone. Uns dias depois, quando finalmente voltei a atender o telefone, ela falou.

— Bom, você faz o que você quiser. A bunda é sua, não é minha. Seu pai está vendo tudo isso lá de cima...

— Mãezinha...

— Titia Bôtonghi me disse que...

— Ah, então foi a titia que te ligou para contar essas merdas?

— Não importa quem foi o mensageiro. A mensagem é que conta.

— Bem se vê que você entendeu o recado sem ruídos.

A TRINDADE BANTU

— Não me venha com o seu francês chique de Branco, hein? Dispensa isso ao falar comigo. E me respeita, sim? Fui eu que te pus no mundo.

Calei-me. Deixei que ela continuasse a falar.

— Eu estava dizendo que a bunda é sua. Não vou me meter nisso. Quando a gente fala alguma coisa com vocês, crianças de hoje em dia, entra por um lado e sai pelo outro. Felizmente, é um branquelinho, segundo me disse titia Bôtonghi.

Tempos depois, viramos a página. Quando mamãe me ligava da Bantulândia, queria saber também do Ruedi. E nosso branquelinho?, perguntava sempre. Às vezes, falava direto com ele. No começo, Ruedi não entendia quase nada do francês dela. Cada um tinha seu sotaque e suas expressões. Com o tempo, acabaram achando um terreno comum.

Se mamãe aceitou Ruedi, o mesmo não se podia dizer de Kosambela. Titia Bôtonghi também tinha disse a ela que eu andava tendo comportamentos imorais. E Kosambela, ao contrário de mamãe, não me ligou para checar do que se tratava. Quando a notícia lhe chegou aos ouvidos, desmaiou e pegou uma semana de licença médica do trabalho. As Irmãs-gestoras novamente aquiesceram.

Minha irmã achava que todas as pessoas que ela amava estavam ficando doentes. Primeiro havia sido seu querido Bernasconi, agora o seu *frattelino*. Quem seriam os próximos? Seus filhos? Não! De jeito nenhum! Kosambela venderia a alma ao diabo para evitar que seus filhos fossem sem-vergonhas. Tanto assim que, ao saber por Monga Míngá que eu tinha ido ao cartório com Ruedi, impediu-me de entrar na sua casa. Sabe-se lá, vai que você contamina meus filhos, ela me disse. Desde então, a gente se encontrou na cerimônia de entrega do meu diploma de mestrado. E depois, quando mamãe me mandou comida da Bantulândia. Mas desde que mamãe foi internada na clínica San

Salvatore, a reaproximação entre nós é muito mais evidente. Está quase tudo normal de novo. Ela me deixa ver meus sobrinhos. Ela me pede para ficar com eles à noite. Uma vez, chegou a me pedir para transmitir seus cumprimentos ao Ruedi. Isso me fez um bem danado. E quando contei o fato ao principal interessado, ele pulou e encheu os pulmões para soltar o berro do camponês dos Grisões.

XVII

Meu estágio contra a ovelha negra terminou ontem. A sra. Bauer não precisa mais da minha ajuda em sua luta. Perdeu a eleição. Perdeu diante de seu povo. Perdeu tudo. Já seus adversários, partidários da ovelha negra, foram eleitos para o Parlamento com brio. Até conquistaram novos assentos e reforçaram sua condição de maior partido do país.

Ontem, ao sair do escritório, deixei pra trás uma sra. Bauer abatida, amargurada. Desta vez, ela tinha dado tudo de si. Tudo. Era algo importante para ela. Sua vitória teria representado um troféu dourado para coroar o conjunto de combates que ritmaram sua vida de militante de primeira hora. Ela não para de falar de seu temor por aquilo que está por vir. Agora temos um Parlamento de ovelhas negras, ela repudia, mal disfarçando a raiva. Ela rumina sua inquietude, resmunga seu pessimismo. Afirma e reafirma sua incompreensão a quem quer que lhe dê ouvidos: ou seja, a mim. Eu sozinho, porque não há mais nenhum jornalista ali para escutá-la.

Os últimos microfones apontaram para ela na noite da apuração, no fim de outubro, para registrar sua opinião. Também colheram suas lágrimas de decepção. Jornalistas, alguns admiradores, políticos de todos os matizes, até os do MNL —todos a confortaram. Neste país, quando acaba uma eleição ou votação, há sempre quem queira fazer crer, com um orgulho empedernido, que o resultado das urnas não é assim tão importante. Para eles, mais importante seria o debate suscitado na campanha. A sra. Bauer não quis saber desse prêmio de consolação. Ela tinha bastante consciência do seu fracasso. Os outros tinham-na feito percebê-lo bem nitidamente, à custa de perguntas capciosas e comentários que a deixavam em apuros. Depois, saudaram sua obstinação, sua disposição em lutar sem parar por tantos anos. Percebia-se que isso tudo estava chegando ao fim. Não poderia ser diferente, depois de tantas derrotas consecutivas. Ela talvez se retirasse da cena logo. Sem dúvida. E se não tivesse a elegância de sair por conta própria, seria empurrada para fora. Eis o motivo pelo qual sua contribuição foi reconhecida. Depois, os microfones desapareceram. Os pedidos de entrevista e análise, idem. Agora, seus comunicados à imprensa vão direto para a lixeira de jornalistas prezados pela nova geração. Há um mês, a Bauer foi para o limbo, virou item de arquivo, à espera do próximo evento que talvez a saque do esquecimento. Mas quando é que isso vai acontecer? Vai ser preciso esperar. E ela vai esperar sozinha, porque até mesmo Mireille Laudenbacher saiu do movimento. Ela decidiu ir embora, depois de todos esses anos de colaboração. Vai trabalhar em tempo integral em uma associação de defesa dos animais.

Seu amigo Khalifa é outro que se faz cada vez mais ausente. Ele se recolheu para digerir em silêncio a nova derrota. Mais uma vez, ele perdeu a chance de ir para o Parlamento. Restará continuar divulgando seus ideais no deserto de Vaud, onde só seus ouvidos o escutarão. Desde que saiu o resultado da eleição, seu partido se desmembrou, esfacelou-se. Não tem mais pé nem cabeça. Uma implosão tão violenta e espetacular que os jornalistas chegam a exibir um prazer quase sádico em noticiá-la. Khalifa entende que precisará carregar sozinho a impressão de nunca ter conseguido seduzir os eleitores, de não ter sido suficientemente charmoso. Enfrentará sozinho seu próprio fracasso, como sua querida amiga Bauer, que eu deixei ontem na sede da associação.

Sinto compaixão por essa turma toda. Mas que tudo isso tenha chegado ao fim não é algo que me desagrade, não. De toda forma, eu já não estava fazendo muita coisa desde o anúncio do resultado eleitoral. Estava com o pensamento longe. Um dia a mais ali e eu teria ficado mortinho da silva. Fico feliz que isso tenha terminado.

Mas vou ter que voltar à agência de empregos. Vou reencontrar a sala de espera, a multidão sentada em modo silêncio-paciência-distância. Vou rever a moça do desemprego e os três fios de cabelo que brincam de pula-sela sobre sua cabeça. Vai saber, talvez reencontre até o cara que quebrou o espelho no elevador —ou mesmo faça como ele. Quando penso nisso tudo, sinto nós se formarem em meu estômago. Para que voltar à agência de empregos? Eles não vão mesmo conseguir me ajudar. A moça já me disse mil vezes. Eu ainda não cotizei o suficiente. É preciso ao menos um ano de salário nos dois últimos transcorridos. Não é o meu caso. Tudo o que fiz foi um estágio de três meses. Não basta para fazer valer meu direito ao seguro-desemprego. E sem esse seguro, não posso aproveitar os dispositivos de reinserção no mercado de trabalho.

Ah! Por fim uma boa notícia: recebi uma proposta de emprego na semana passada. Nem lembrava mais que tinha ido atrás disso. Respondi a um anúncio. Enviei minha candidatura só pra constar mesmo. Mas ela foi selecionada. Vou ser instrutor de dança africana para colaboradores de uma ONG internacional. A ideia é que isso anime a equipe e melhore seu desempenho, sobretudo no inverno.

Uma vez por semana, vou fazê-los colocar a perna na cabeça, virar o bumbum, pular até tocar as nuvens, bater palmas ou ainda gritar como perfeitos idiotas. Tudo isso ao som de um balafom ou de um mvet endiabrado. Chamaremos a isso de curso de dança africana. Vão me pagar uma coisinha, claro. Mas qual não foi a minha surpresa quando me propuseram dar essas aulas sem contrato formal? É mais fácil assim, não?, disse-me o senhor do RH ao telefone. Pude ouvir o seu sorriso. Lembrei-me de que não tenho direito ao seguro-desemprego hoje, apesar de ter trabalhado por vários anos... respondi que não. Ele insistiu. Negociei. Ele aceitou bancar minhas cotizações em troca de um salário mais baixo. *Cioè*.

Ainda estamos nos abastecendo de comida nos Colis du Coeur. Mas como se virar com o resto?

— Precisamos ir ao serviço social, eu disse hoje de manhã ao Ruedi.

— Tá de brincadeira, né? E eu lá tenho cara de que vou ao serviço social?

— Bom, se a gente foi aos Colis du Coeur, não tem problema nenhum ir ao serviço social.

O silêncio abre espaço para a reflexão.

— Ou então você precisa deixar seus pais nos ajudarem.

— Não podemos viver às custas deles.

— Seja como for, com ou sem a ajuda deles, a gente vai ao serviço social.

— Mwána! É uma vergonha ir lá. Você ainda não percebeu isso depois de tanto tempo morando aqui?

— E estar desempregado? E ser processado por não pagar contas? E trabalhar sem poder comer? Não é isso que é vergonhoso?

Ruedi abaixa a cabeça. Como ele não diz nada, aproveito para espezinhar:

— Eu me arrebento pra gente achar uma saída, e o bonito aqui não faz nada para me ajudar. Ele vem me falar de vergonha. O que você sabe sobre passar vergonhar, cara? Você nasceu numa família com dinheiro. Já ficou um dia sem comer? Passou perrengue

A TRINDADE BANTU

um dia que fosse? O serviço social é uma vergonha... o serviço social é uma vergonha... o que você faz para que a gente não tenha que ir lá, hein? Ruedi fica calado. Não me espanta. Ele não gosta de conflitos. Ainda me lembro bem do começo da nossa relação. A cena do encontro é clássica: um ruivo bonitinho pisa nos meus Louboutins numa boate. Grito como se tivessem arrancado meu dedão do pé. Berro mais pelo sapato do que por meu pé. Custou caro essa merda! O ruivinho pede desculpa. Xingo-o como teria podido xingar na Terra Bantu quando ainda gozava da proteção militar do meu pai. Ele enrubesce. Pede desculpa mais uma vez. Ele está meio mamado. Sua voz fica ainda mais pastosa. Ele tenta me segurar pelo ombro. Me solta, idiota!, digo. Ele vai se acomodar num canto da boate e fica lá, quieto. Observo-o do lugar onde parei para limpar meu sapato. Seus amigos vêm ajudá-lo. Ele pede pra ficar sozinho. Pouco depois, levanta-se e se encaminha para a saída da boate. Percebo então que fui duro demais com ele. Sigo-o até a saída. Alcanço-o. Tímido, peço perdão eu também. Porém, digo a ele para nunca mais cometer o erro de sujar o sapato que eu encero com tanto amor. Pô, moleque! É um par de Louboutins, entende? Rimos. Ele me conta ter 19 anos. Tenho 24. Fumamos um cigarro. E então mais um. Falamos das nossas roupas. E terminamos a noite na minha quitinete universitária. Não é tão ruim o ruivinho, no fim das contas. Logo vira uma espécie de válvula de escape para quando estou tesudo. Um estepe. Passam meses e estações. Descubro que ele se chama Ruedi. Ruedi Baumgartner, o tipo de nome que um Bantu como eu vai ter dificuldade em memorizar. Volto a vê-lo algumas vezes. E depois com mais regularidade. Ficamos amigos. Viramos namorados. Sem pensar muito, decidimos ir morar juntos no apartamentinho em que ainda estamos hoje. Enquanto isso, uma lei passa a permitir a união de casais como nós. Formalizamos a nossa, mais para experimentar do que propriamente por convicção. Nessa época, trabalho na Nkamba African Beauty. Ele faz faculdade. Tudo está indo bem. Super bem, até. Então, perco o meu trabalho e minha mãe aparece muito doente. Começam as aporrinhações.

— A gente não precisa ir ao serviço social. Você logo começa a dar aulas, e a gente vai se virar.

— Você me faz rir, meu querido. Com os cursos de dança a gente não paga nem o aluguel daqui.

— Então você pode dançar também na rua e pedir esmola.

A sugestão me faz gargalhar. Ruedi nunca conseguiu subir a voz comigo. Mas muitas vezes soube encontrar a piadinha certa para me desarmar. Rio a contragosto. É uma das poucas coisas que a gente consegue fazer vez por outra. Quando tudo vai mal, rimos. Quando recebo um telefonema ou uma intimação ligada a uma conta que eu já sei que não vou ter como pagar, rimos. Quando ficamos com dor de barriga ou com prisão de ventre depois de nos entupir de lentilhas, rimos. Quando somos obrigados a usar camisas, calças, sapatos e cuecas velhos e furados, rimos. Mas sozinho, totalmente sozinho, quando Ruedi está na faculdade e eu fico sem ninguém em casa, choro.

XVIII

Hoje, Ruedi e eu desafiamos a tempestade de neve que paralisa a cidade toda. Vamos ao serviço social. Tínhamos decidido que Ruedi falaria com eles. Estamos convencidos de que a ele darão mais crédito do que a mim. É um Preto que nos recebe. Ficamos contentes com isso. Talvez ele facilite as coisas para nós. Ele nos faz atravessar um longo corredor que leva à sua sala. Ali, perto da cadeira dele, há uma pequena escultura talhada em madeira. É uma escultura bantu. Todos os detalhes da peça me levam a crer isso. Sobre a mesa, bem visível, um retrato o mostra ao lado de uma bela Branca e de uma mestiça miúda que deve ser sua filha, porque se parece demais com ele. Ao lado dessa foto de família, uma etiqueta estampa um nome: Mazongo Mabeka. É o mesmo que está na porta da sala em que estamos agora. Com tal nome, é muito difícil que esse assistente social não seja originário da Bantulândia. Não tenho dúvida disso.

O sr. Mazongo Mabeka faz um monte de perguntas, às quais Ruedi responde sem maiores dificuldades e com diplomacia. Por que estamos ali? Como chegamos a essa situação? O que a gente faz na vida? Nossas famílias? Ruedi mente. Diz que seus pais não lhe dão nada nada desde que ele foi morar comigo. Eu me contento em responder àquilo que diz respeito exclusivamente a mim. De onde venho? Por que e como eu cheguei à Helvécia? Conto tudo ao sr. Mazongo Mabeka. Nem uma piscadela de olho pra mim. Ele não poderia estar mais sério. Por que eu não acho trabalho? Eu lhe explico tudo o que tenho feito para me virar. Seu olhar insinua que eu preciso me esforçar mais, o que me espanta. Ele é Bantu, deveria entender o que eu estou passando. Apesar de tudo, sorrio. Sei por que estou ali. Não posso nem pensar em dizer que vou começar a dar aulas de danças africanas, senão ele vai diminuir o valor do nosso auxílio.

Finda a entrevista, Ruedi e eu sorrimos diante da perspectiva de receber um *gombô* para melhorar nossa vida. O sr. Mazongo Mabeka consulta dados no seu computador como um marabu a seus amuletos. Aproveito esse momento para perguntar mais sobre suas origens.

— Com licença, sr. Mazongo Mabeka, digo.

— Pois não?

— O sr. é da Terra Bantu?

— Não, ele responde sorrindo. Eu sou Helvético.

— E quais são as suas origens?, pergunta Ruedi.

— Acabei de dizer que sou Helvético.

— Ah, ok.

— Mais alguma pergunta?

— Não, respondo eu.

O sr. Mazongo Mabeka continua mexendo em seu computador. Quando termina, estende-nos um papel com a lista de documentos que devemos trazer. Uma vez que a papelada estiver na mão deles, o setor de verificação vai conferir sua autenticidade. Então, uma comissão se reunirá para julgar o mérito da nossa solicitação. A partir desse momento, e só a partir dele, é que poderemos talvez ter direito a um auxílio. Ruedi e eu ficamos decepcionados por não sair dali já com algum dinheiro. Quanto tempo vai levar para que sejamos contemplados? O sr. Mazongo Mabeka diz não saber. Afirma que fará um relatório e que a comissão então tomará uma decisão. Ele enfatiza que tudo vai depender da rapidez com que trouxermos os documentos pedidos. Quanto mais cedo chegarem, mais rápido vocês receberão o auxílio, ele explica. Ruedi e eu passamos os olhos pela lista de documentos a apresentar. A relação é extensa: identidade, contrato de aluguel, cartão do plano de saúde, caderneta de registro familiar, contracheques mais recentes, cópias de diplomas e, o mais importante, extratos de transações bancárias dos últimos 12 meses...

— E a quanto teremos direito?, lança Ruedi à queima-roupa.

— Não consigo dizer agora, responde o sr. Mazongo Mabeka. Primeiro, a comissão vai se reunir. Daí, veremos quanto dar a vocês.

— Mas dá para fazer uma estimativa, não?, insiste Ruedi.

— Vejamos... uns 1.500 francos.

— O quê?! Isso não paga nem o nosso aluguel!

— Sr. Baumgartner, normalmente, nem ajudamos estudantes. Se algum precisa de auxílio, basta pedir uma bolsa de estudos. Estamos abrindo uma exceção porque vocês são um casal.

— Os discursos, sempre os discursos!

— Mas é a lei.

— Mas eu estou lhe falando de vida real. O senhor, que é tão Helvético, acha mesmo que podemos viver com 1.500 francos por mês?

— Sr. Baumgartner...

— Só abobrinha...

— Sr. Baumgartner, contenha-se.

— O senhor fica me falando de lei. É a lei, é a lei. O que o senhor sabe da nossa vida? O que sabe do que a gente aguenta. O senhor vive sossegado na sua casinha e vem aqui me falar de lei?

É a primeira vez que vejo Ruedi nervoso desse jeito. Preciso interromper a discussão. Se o sr. Mazongo Mabeka encrencar, vamos continuar passando perrengue —sem ninguém para nos acudir. Acalmo os ânimos.

— Vamos trazer os documentos que o senhor pediu o mais rápido possível, eu digo.

— Ótimo, sr. Matatizo.

Puxo Ruedi em direção à saída. Ele está vermelho de raiva. E quando um ruivo fica vermelho assim, não é exatamente uma visão bonita. Então, faço o que posso para acalmá-lo e para que volte a ser o Ruedi normal que eu conheço. Não adianta. Ele continua vermelhão, bravo pacas. Depois de sairmos da sala do assistente social, Ruedi despeja todos os palavrões que segurou na ponta da língua. Aguentem firme aí, porque é em *schwiizerdütsch* que ele os dispara, como rajadas de metralhadora. Falo com ele em francês para tentar evitar que ele arranhe a garganta com seu *schwiizerdütsch*. Ele quer descer de elevador, eu sugiro a escada. Temo que haja um espelho no elevador. Sabe lá, vai que o Ruedi resolve quebrá-lo, de tanto ódio que está sentindo. A lista de documentos que devemos levar só aumenta sua raiva. Temos que entregar tudo. Tudo.

Devemos abaixar as calças para receber o auxílio emergencial. O que mais choca Ruedi é que nos peçam extratos de nossas transações bancárias nos últimos 12 meses. Para um *Eidgenosse* puro-sangue como ele, bisbilhotar em sua conta bancária, mesmo que ela esteja zerada, é como cortar suas bolas fora. Ele acha esse requisito revoltante.

Chegamos do lado de fora do prédio que abriga os serviços sociais, e Ruedi continua maldizendo o sistema, as leis, o sr. Mazongo Mabeka e tudo, absolutamente tudo. Seus xingamentos são tão fortes quanto a tempestade de neve. A certa altura, ele desata a chorar. Scheisse! Scheisse! Scheisse![28] Por que devemos passar tanto perrengue se não fizemos mal a ninguém? Por quê? Me diz! Faz meses que estamos nesse calvário, e ninguém nos ajuda! Na agência, não te tratam direito. Idiotas! Para começo de conversa, por que você deveria sequer precisar de uma agência de empregos? Você estudou em um lugar bom. Você não é um idiota, me entende? É inteligente e sabe fazer um monte de coisas. Mas ninguém quer te dar um emprego. Sim, todos se recusam a te contratar. E por que isso, você sabe? Hein? Você finge que não percebe o que tá acontecendo. É cegueta ou o quê? Não enxerga? Você se recusa a encarar a realidade de frente. Com todos os diplomas que você tem, o que restou foi dar umas aulas de dança de bosta por um salário de bosta, enquanto seus amigos ficam na vida boa em seus cargos de executivos. Scheisse! Scheisse! Que merda de mundo é esse? Scheisse! Miserável! Scheisse! Tá me ouvindo? Scheisse! Eu, apesar de tudo, apesar da minha família e de todo o resto, tenho que comer nos Colis du Coeur. Nos alimentamos lá como mendiguinhos. Sem eles, já estaríamos mortos. Estamos mortos. Já estamos mortos. Mortos e enterrados. Tá me ouvindo? Eis os nossos restos. Cê ouviu o que aquele idiota falou? Filho da puta! Imbecil! Um deslumbrado de um novo rico! Eu sou Helvético. Eu sou Helvético... Eu sou Helvético. Escravinho do MNL! Merda de Helvético! Helvético meu cu, isso sim! Huereverdammte Schiissdräck! Gottverdammte Seich![29]

Ele quer continuar xingando, mas eu o agarro entre meus braços. Ele se debate intensamente. Depois, debilmente. Mas eu o contenho. Facilmente. Abraço-o e acaricio longamente sua cabeça, sua nuca, suas costas. Meu Ruedi. Vai ficar tudo bem. Calma.

---

28 «Merda! Merda! Merda!»
29 «Filho da puta maldito de merda! Praga maldita!»

Você vai ver. A gente vai dar um jeito. Com ou sem lei, vai dar pé. Com ou sem sr. Mazongo Mabeka, dá-se um jeito. Acalme-se. Vai, calma. Vamos voltar pra casa. Vamos sair daqui. Vem comigo. Vamos dar o fora daqui logo.

XIX

Virou costume. Vou a Lugano toda sexta e volto a Genebra no domingo à noite. Esses deslocamentos de trem são muito longos e cansativos. No mínimo seis horas de ida e outras seis na volta. É quase o número de horas necessárias para ir de avião à Bantulândia... mas a gente acaba se acostumando. No trem, quando não estou lendo, debruço-me sobre comédias africanas. Sei que Monga Míngá gosta das comédias africanas, sobretudo daquelas do oeste do continente. Então, quando chego ao hospital, despejo tudo nos seus ouvidos. Ela ri. Mas faz um tempo que ela só reage com uma risada vacilante que eu sou o único a ver. Ela sofreu uma metamorfose desde que começou a receber a quimioterapia na veia. Seu rosto está tão deformado, inchado, escurecido que fica difícil notar ali qualquer expressão que seja.

— Como tá a nossa Monga Míngá?, eu pergunto, ao entrar no quarto da mamãe.

Ela não se volta para mim. Está com a cabeça virada para o janelão. Deve estar contemplando a neve. Ainda não teve a chance de tocar nesse ouro branco caído do céu que muitos Bantus sonham ver ao menos uma vez na vida. Precisa se contentar por ora em embelezar os olhos com ele. Seu quarto de hospital virou uma prisão. O dr. Bernasconi e sua equipe a puseram em alerta máximo. Dizem que seus anticorpos caíram a tal ponto que o mínimo contato com qualquer bactéria poderia ser fatal. Então, para ver mamãe, é preciso primeiro desinfetar as mãos. Depois, deve-se vestir a indumentária que fica bem na frente da porta do quarto. Parece um uniforme de cirurgião: luvas brancas, máscara verde, touca laranja para segurar os cabelos, um jaleco amarelo não muito elegante e sapatilhas descartáveis azuis. Essa indumentária é um calvário duplo; por um lado, a combinação de cores é horrorosa; por outro, perco qualquer contato real com mamãe. As luvas, a máscara, esse jaleco-toga e todo o resto são barreiras ao nosso contato. Fico com a impressão de vê-la através de uma vidraça. Da primeira vez que precisei colocar toda essa parafernália, chorei um tempão antes de entrar no quarto. Sentia que mamãe estava dando um passo a mais para longe de mim. Sentia que ela encontrava, dia após dia, maneiras de escapar de nós —da minha irmã e de mim. Ia ficando mais distante. Estava partindo.

— Como tá a nossa Monga Míngá?, pergunto novamente.

Mamãe continua parada, a cabeça ainda virada para o janelão. Parece haver algo de errado. Sinto meu coração disparar. O que está acontecendo com ela? Por que não se move? Talvez esteja dormindo. Sim, com certeza. Só pode estar dormindo. Senão, por que outro motivo não iria querer me responder? Ou ao menos se voltar para mim a fim de me acolher com o olhar?

Aproximo-me a passos lentos, como se temesse a descoberta que estou prestes a fazer. Coloco a minha mão sobre seu ombro e murmuro: minha senhorinha. Ela então se volta para mim, lentamente, penosamente. Solto um suspiro de alívio. Você me deu um susto, digo. Meu coração não tem nem tempo de descansar antes que surja outra preocupação. Mamãe chora. Por que você tá chorando?, eu pergunto. Nada, ela sussurra.

A TRINDADE BANTU

147

Não gosto nem um pouco desse tipo de resposta. Em outro contexto, teria dito isso a ela. Mas agora me retenho. Puxo uma cadeira. Sento-me e acomodo a mão de mamãe entre as minhas. Não chore. Por favor, não chore. Ela choraminga mais, como uma criança pedindo pela mãe. Vai, me conta tudo. Qual é o problema? Tá sentindo dor? Dor de barriga? Na garganta? Ela não diz nada. Só chora. Mas qual é então o seu problema? Paro de perguntar e apenas acaricio-lhe a mão.

— Esta doença está me matando, ela murmura com dificuldade entre dois soluços. Olha para mim. Olha pra mim, meu filho. Você ainda me reconhece? Olha como essa doença me deixou. Me roubou a beleza, os cabelos, o rosto, a feminilidade. Me roubou tudo em um período muito curto. Olha pra mim, meu filho. Veja como eu envelheci. O que eu fiz a Zambi para merecer isso? Que mal eu fiz? Não sou rica. Sempre me disseram que o câncer, meu filho, era uma doença de Brancos. É uma doença de ricos. E eu lá sou rica? Por que eu? Por quê? Por quê?

Choro. É a primeira vez que mamãe se abre de verdade sobre o que está acontecendo. Sempre teve força suficiente para encarar essa batalha com leveza. Sempre achou um jeito de fazer rir quem quer que a visitasse. Até os funcionários da clínica San Salvatore reconhecem sua combatividade. Mas agora, o fardo está ficando pesado demais. Como se resignar a ficar trancafiada em um quarto de hospital quando se tem uma vida como a de mamãe? Como passar o dia deitada numa cama a esperar injeções de morfina, quando se foi atriz nas tropas da nova gestão Bantu? Quando se foi casada com um militar? Quando compartilhou o próprio homem com a melhor amiga? Quando se perdeu esse marido e a família dele rapidamente tratou de se apossar dos bens e mandá-la para o olho da rua? Quando se lutou como uma alucinada para dar certo na vida? Como se pode aceitar uma situação tão frágil quando se viveu tudo isso?

Choro e abraço mamãe. Choramos. A dor é tão intensa que sinto câimbra na barriga. Entoo um cântico para mamãe. Ela adormece. Permaneço a seu lado olhando aquele rosto tão transformado. Choro mais um pouco. É mesmo difícil reconhecer mamãe hoje. Recomponho-me pensando que é melhor tê-la viva, ainda que nesse estado, do que linda e enterrada.

Uma enfermeira nos acorda. Dormi aos pés de mamãe. A enfermeira veio dar a mamãe uma dose de morfina. Quando ela termina, vou até a varanda. Faço uma bola de neve e trago-a para mamãe. Ela sorri. Toca a neve. Ela me parece feliz.

XX

Mamãe reclama das enfermeiras. Ela me conta não ter feito sua toalete desde hoje de manhã. Diz que pediu às mocinhas para ser levada ao banheiro para tomar uma ducha. E que elas não lhe deram a menor pelota. Que não é tratada com cuidado. Segundo ela, porque está ali por caridade. Fala, fala e fala mais um pouco. Critica severamente as enfermeiras que se ocupam dela. Chega a dizer que não quer mais ficar nessa clínica.

Silêncio. Não sei como responder às lamúrias de mamãe. Sinto-me impelido a ir trocar dois dedos de prosa com as enfermeiras. Levanto-me e ando em direção à porta. Mas paro. E se mamãe estiver mais uma vez exagerando? Se os fatos não tiverem transcorrido exatamente dessa forma? De mais a mais, como a mamãe se comunica com as enfermeiras? *Cioè*. Ela não fala nem sequer uma palavra de italiano. Eu tampouco. Então, como eu poderia ir falar com essas enfermeiras?

Volto atrás.

Acomodo-me em cima da cama, ao lado de mamãe. Volto a colocar sua mão entre as minhas.

— Você não vai lá falar com elas?, pergunta-me.

Não respondo de imediato. Apenas acaricio-lhe a mão. Ela se acalma. O silêncio volta a imperar. Há luz demais no quarto. Lá fora, brilha um sol intenso, depois da neve que caiu nos últimos dias. Meu olhar se detém no *Kongôlibôn* de mamãe. Sua cabeça é tão bonita que me pergunto por que ela nunca considerou raspá-la.

Digo a mamãe que a barreira linguística entre ela e suas enfermeiras não é algo fácil de transpor. Não, não. Ela contesta. Diz, ora bolas, que estamos na Helvécia. E me lembra que, aqui nesse país, as pessoas falam muitas línguas.

— Não estou nem pedindo para falaram um francês daqueles. Aliás, eu mesma não falo esse francês aí. Mas gente, uma ducha. Uma paciente que pede para tomar uma ducha, será que isso é chinês?

Mamãe diz que isso acontece o tempo todo. Ela nunca toma sua ducha. Enfim, ao menos não cedinho, como ela gosta. Lá no nosso país, toda mulher que se respeite toma sua ducha e faz sua toalete íntima de manhã cedo, ao acordar. Aqui, ficam sempre pedindo a ela que espere. Precisa esperar porque não é a única paciente do andar e há casos mais urgentes: um paciente que caiu da cama e sangra copiosamente, outro que está tendo uma convulsão etc. Ela muitas vezes espera até as 10h, 11h, quiçá meio-dia. Agora, não quer mais esperar. Ela conta que, mesmo quando lhe dão a ducha, não deixam a água escorrer até lá embaixo.

— Que tipo de mulher não lava suas partes?

Depois de descrever os fatos, mamãe sobe um tom, passando à ameaça. Diz que, se essas enfermeirazinhas não vierem buscá-la cedinho para a ducha, ela irá por conta própria. Não consigo segurar minha gargalhada ao ouvir esse ultimato. De onde ela vai tirar forças para se levantar sozinha e ir fazer sua toalete?

Massageio seus pés. Estão inchados, molengos, sem nenhuma articulação mais. Faz tanto tempo que não fica em pé. Fica sempre deitada ou grudada à cadeira de rodas, sob supervisão. Faz semanas e semanas que ela não tem mais equilíbrio.

— Ia ser um tremendo feito se você fosse sozinha fazer sua toalete, eu solto, aos risos.

Ela faz cara feia, mas logo sorri também. Ri.

— Você é uma peça, meu Mwána. Você é uma peça.

Quando eu venho visitá-la, falo de tudo um pouco. Das minhas longas jornadas de busca de emprego. Dos corpos rígidos dos servidores de organismos internacionais. Tipo tocos de madeira. Conto a ela todas as anedotas do meu último estágio, na luta contra a ovelha negra. Falo da sra. Bauer, fumante de primeira hora que nunca teve um problema de saúde sequer. Traço o perfil de Mireille Laudenbacher, que continua desembolsando milhares de francos suíços para salvar seu cachorro da eutanásia. E falo do meu Ruedizinho. E do sr. Mazongo Mabeka, a quem no fim das contas mandamos toda a papelada necessária para poder pleitear um auxílio social. Divido minhas lembranças de uma infância passada sob a proteção militar de papai, cuja orelha ela mordeu ao descobrir que batia em Kosambela. Falo de titia Bôtonghi e de como ela passa o tempo cuidando da vida alheia em Genebra. Quando lhe falo tudo isso, rimos. Nos faz bem. Mas também lhe causa incômodo na barriga. Ali onde recentemente puseram uma sonda de alimentação, já que a boca não lhe serve mais para nada. Apesar da dor, rimos. Choramos de rir. Parece que está tudo bem. De repente, entretanto, ela volta a tossir. Tosse forte. Chega a sufocar. Catarro. Um monte de catarro na bandejinha descartável. Cusparadas sanguinolentas. Mal-estar. Um tanto de vergonha, sem dúvida. A batida do coração. Vertigem. Mal-estar profundo. Garganta. Dor. Dor de garganta. Essa merda toda pede compostura. Aqui ninguém ri. Aqui ninguém pode rir. Aqui é dor. Aqui é doença. Aqui é tristeza.

XXI

Por carta, o sr. Mazongo Mabeka confirma para mim e para Ruedi que o nosso pedido de auxílio social foi aceito. Ao todo, vamos receber 2.500 francos suíços, ou seja, mil francos a mais do que aquilo que ele tinha estimado. Além disso, vão bancar o meu plano de saúde. É uma ótima notícia. Ruedi finalmente aceitou conversar com a sua família. Acabo de receber o *gombô* que eles depositaram para nós. Caiu agora há pouco na conta. A isso se soma o que eu ganho dando aulas de dança africana. Nossa situação está melhorando. Faz muito tempo que eu não vejo tanto dinheiro. É o fim dos Colis du Coeur. Adeus, lentilhas. Tchau, perrengue. Vamos enfim poder tentar viver como todo mundo. Estou pensando inclusive em comprar logo, logo um par de sapatos pra mim. Vou pegar uns Louboutins hoje à tarde. Desde a época em que conheci Ruedi, nunca mais comprei desses.

Na cozinha, ligo a música. É o sucesso do momento. *No One*, de Alicia Keys. Canto me esgoelando: everything's gonna be alright! Danço a minha alegria de ver essa mudança de situação. Teria adorado comemorar com Ruedi. Mas o cara não dormiu em casa. Passou a noite na casa do Dominique, em Carouge. Faz um tempo danado que eu não vejo esse daí! Ele tinha me prometido um filé-mignon. Digo-me que preciso achar um tempo para ir lá vê-lo e saborear sua carne.

Há uma carta sobre a mesa da cozinha. Abro-a. Mais uma resposta negativa. Dane-se. Acabou o estresse. Ao menos por um tempo. Continuo a dançar até ser interrompido pelo toque do meu telefone. Do outro lado da linha está a sra. Bauer. Ela grita. Parece bem alegre. Ao fundo, consigo identificar as vozes de Mireille Laudenbacher e de seu amigo Khalifa. Não imaginava que eles ainda andassem juntos. A sra. Bauer solta um berro de alegria. Eu berro de volta a minha.

— Ele não está mais aqui!, diz a sra. Bauer. Acabou. Ele não está mais aqui.

Desligo a música para me concentrar na ligação. Percebo que estamos contentes por razões distintas. De quem ela está falando?

— Ele foi escorraçado! Não foi reeleito para o governo!, alegra-se a sra. Bauer.

— Errrr... que bom! Mas, enfim, quem foi escorraçado?

A sra. Bauer então conta que o líder do partido, aquele que a imprensa diz ter *gombô* até dizer chega, não foi reeleito para o governo. É uma reviravolta e tanto! Aqui na terra dos meus primos, o governo é eleito (ou reeleito, na maioria das vezes) pelo Parlamento, depois das eleições legislativas. O partido que ganha as legislativas pode imaginar eleger ou reeleger com facilidade seus candidatos ao governo, composto por sete ministros. Mas não foi o caso agora. O pai da ovelha negra não foi reeleito, e a alegria da sra. Bauer está nas alturas. Ela pede que eu passe no escritório. Eles estão organizando de última hora um coquetel para celebrar a boa nova. Penso nos Louboutins que quero comprar à tarde e digo a mim mesmo que é melhor recusar o convite. Quando estou quase começando a inventar uma história para me safar do tal coquetel antiovelha negra, a sra. Bauer me diz que Mireille

A TRINDADE BANTU

155

Laudenbacher tem uma notícia muito importante para mim. Ela gostaria de me apresentar a uma pessoa que pode me ajudar nas buscas por emprego.

Mireille Laudenbacher pega o telefone.

— Bom dia, Mwána. Como você está?

— Bem, bem.

— Por aqui, estamos bem contentes, como você pôde perceber.

Ela fala de novo do escorraçamento do inimigo de morte deles. Sorrio. Digo que também estou muito feliz com esse arremate. Espero que ela fale sobre o homem ao qual gostaria de me apresentar. Mas isso demora. Até que ela solta a matraca.

— É o sr. Burioni! Já marquei uma reunião sua com ele. Você precisa ir de todo jeito. É em 17 de dezembro. O sr. Burioni precisa de pessoas como você. A sra. Bauer e eu adoramos trabalhar com você. Por isso, quando o sr. Burioni me disse que precisava de alguém para seu novo projeto, pensei na hora em você. Achei que você se viraria bem.

— Ah, muito obrigado, Mireille! É muito bom ouvir isso.

— Imagina! Você é um ótimo garoto. E vai ver, por Deus do céu, como o Burioni paga bem. Você vai ser mimado. Tenho certeza que ele vai te contratar. A entrevista é no dia 17 de dezembro.

— E qual é o trabalho?

— Ah, o trabalho que você vai fazer! Sen-sa-cio-nal! O Sr. Burioni é um dos melhores amigos, você sabe, né? Ele me ajudou muito. Se o meu cachorro não vai mais sofrer eutanásia, é por causa dele. É um ótimo advogado. Está querendo abrir um escritório de proteção aos animais em Lausanne. Ele vai ser um advogado de animais. E precisa de alguém como você para ajudar na administração, na publicidade e na comunicação.

— Muito legal!

— Legal demais, Mwána!

A sra. Bauer pega o telefone de volta.

— Mas Mwána, você não vem comemorar com a gente?

— Sim, claro que vou. Vou correr pra pegar o próximo trem.

XXII

A estação de trem de Zurique está lotada. No hall, foi montada uma imensa feira de Natal. Um aroma de vinho quente e de caramelo emana das barraquinhas em forma de chalé e paira sobre a estação. Passageiros vão e vêm, engolidos pelo ruído ambiente. Eu levo a cabeça baixa, já que a música e o excesso de luzes me agridem. O frio me fura os olhos. Neva. Olho para alguns jovens soldados paramentados em seus uniformes militares, arma no ombro. Um deles esbarrou em mim. Não deve ter percebido, acho. Senão teria pedido desculpa. Sigo adiante. Meu trem sai daqui a cinco minutos. De todo jeito, não tenho tempo nem vontade de olhar o que acontece ao meu redor. Levo o coração pesado. Só quero uma coisa: me acomodar em algum lugar quente e assimilar tudo o que vivi nas últimas horas.

Deixei mamãe em Lugano em situação crítica. Lá ficou uma mãe enfraquecida, sem viço. Minha mãe está destruída. Não sei se vou revê-la na semana que vem. Devia ter ficado lá, penso agora. Minha presença teria feito bem a ela, disso não há dúvida. Mas foi ela mesma que me pediu pra ir embora. Disse isso mexendo o dedo com fragilidade. Um gestozinho misterioso, insignificante, quiçá incompreensível. Mas que eu terminei entendendo. Foi nosso único meio de comunicação nos três últimos dias, que passei a seu lado. Só ela e eu compreendíamos esses códigos. Nem a Kosambela, que passou por lá durante o seu intervalo, entendeu aquilo. Eu fazia o que podia, é claro, porque não era fácil pra mim, e ainda menos para ela. Mas acho que, bem ou mal, decodifiquei tudo. Acho que entendi tudo o que ela me pedia para fazer: fica, chega mais perto, não me deixe, me abraça forte, fica aqui... era basicamente esse o teor da nossa comunicação. Fica. Chega mais perto. Não me deixe. Me abraça forte. Fica aqui. E talvez também um «anda, vai!». Tenho certeza que ficou feliz em saber que eu finalmente tinha conseguido arranjar uma entrevista de emprego. Senão, não teria me pedido para ir. Teria deixado que ficasse ali, ao lado dela, talvez até o fim.

Neste fim de semana, mamãe estava completamente muda. Uma tumba completa.

Faz alguns dias, semanas, na verdade, que ela não fala mais. Apenas murmura. Um fiapo de voz que nos faz ainda ter alguma esperança. Ou ela murmura, ou é preciso dobrar a atenção para ler seus lábios, que ela mexe lenta e dolorosamente. Sua boca e seus lábios estão cobertos de feridas sanguinolentas. Esse tapete vermelho-sangue não se estende apenas por boca e adjacências. Atinge o seu esôfago e vai além, cobrindo todo o sistema digestivo. Vai até o fim, segundo explicou à minha irmã o dr. Bernasconi. Afora a boca, mamãe fica com os olhos fechados o tempo todo. Quando tenta abri-los, até consegue, mas com dificuldade. Agradeço a Zambi e a meus antepassados por essa proeza. Mas quantos segundos ela dura? Nesse pequeno intervalo de tempo, só se vê o preto de seus olhos pela metade. Logo é o branco que predomina. Depois, um pouco de cada um. Então, ela fecha os olhos de novo. Não se pode ver mais nada. Parece que ela é refém da doença que a corrói.

A TRINDADE BANTU

Um cateter ligado a um pequeno reservatório, espécie de sanguessuga horrorosa colada a seu ombro direito, despeja regularmente nela um líquido. Ela não reage. Não tem escolha. O tal Bernasconi diz que é para o bem dela. Ali, ela se resume a ficar deitada. Aniquilada. Reduzida a pó. É um legume molenga. Troncho. Incapaz do menor movimento, à exceção desse indicador que ela aciona. Operação-tartaruga.

Uma equipe de enfermeiros se reveza nos cuidados a ela. Há um grupo que começa à noite, um pouco antes ou um pouco depois da grande oração das Irmãs-gestoras. Eles cuidam do corpo inerte de mamãe. Despejam em seu corpo um sem-fim de produtos. Noite adentro, o mesmo balé. Cada um vem injetar-lhe um produto. Quando chega a manhã, a equipe noturna deve deixá-la em bom estado antes de partir e largá-la nas mãos de um time novo. Os enfermeiros tiram tudo o que ela rejeitou durante a noite. Fazem isso como fariam se a paciente fosse uma recém-nascida. Também fazem sua toalete. Não sei se lhe vertem água lá embaixo, como ela tanto pedia quando ainda tinha força para verbalizar desejos. A Kosambela me disse recentemente que eles não podem jogar água nas partes porque não se trata de uma região com ferimentos. Depois de deixar mamãe arrumadinha, trancada em seu mutismo, eles me dão tchau.

Chega a nova equipe de enfermeiros. Quase sempre sorridentes, sempre cansados, como se tivesse ficado de vigília tanto tempo quanto eu fiquei. Dois ou três são super pálidos. Apagadíssimos. O *buongiorno* deles bate como frio de inverno. Às vezes, chego a ver em seus olhos que eles se lixam para a situação. Para eles, o mais importante é tudo o que devem despejar no corpo da mamãe. Não tenho ideia do que injetam nela. Também não quero ficar fazendo perguntas. Perguntei várias vezes a Kosambela do que se tratava, mas ela tampouco soube dizer. É complicado demais para ela, que só me diz para continuar a rezar para que Zambi, Elolombi e os Bankokos nos escutem. Mas saber o que estão administrando a mamãe não vai alterar meus temores. No começo, era custoso para mim ver tudo isso; com o tempo, virou rotina. Apenas olho com impotência essa garra que lhe fincaram no ombro direito, embaixo da pele.

Ontem, era Clara que estava cuidando de mamãe. Sempre fico muito feliz quando é ela que está no comando. Pra começo de conversa, ela fala francês. Vá lá, com um sotaque milanês carregadíssimo, mas ao menos fala. Sempre tive a impressão de que ela cuidava melhor de mamãe. Sorri muito. É muito atenta. Tem gestos doces. Mesmo quando aplica uma injeção em mamãe, acho que o faz com grande ternura. Mamãe me confirmou essa impressão quando ainda conseguia falar. Desde que ela ficou muda, é Clara uma das únicas enfermeiras a puxar papo, fazer-lhe perguntas. Ainda que mamãe não responda, Clara insiste em conversar. Pergunta se ela dormiu bem. Pergunta se ela quer um pedacinho de chocolate. Sabe, porém, que mamãe não consegue mais engolir nada. Mas pergunta ainda assim, e com um sorrisão no rosto. Um tipo de sorriso que faz esquecer a dor. Um sorriso raro. Que é só dela. A Kosambela uma vez me disse que Clara era a única a jogar água «lá embaixo» quando mamãe pedia. É também por isso que mamãe gosta dela.

Um dia perguntei a Clara por que era tão carinhosa com mamãe. Ela respondeu que era assim com todos os pacientes. Mas então, admitiu que tinha uma afeição especial por mamãe. Contou que, uns anos antes, sua própria mãe tinha morrido por causa de um câncer do mesmo tipo. Enquanto me dizia isso, seus olhos se encheram de lágrimas. Senti por ela, que em seguida me tranquilizou: não é por que a minha mãe morreu dessa doença que a sua também irá. Atualmente, prosseguiu, a ciência avançou bastante, e tudo é possível. É preciso manter as esperanças.

A TRINDADE BANTU 161

O trem acabou de sair. Na minha frente, dois homens fantasiados de Papai Noel. Eles sorriem para mim. Não sei por quê, mas respondo fechando a cara. Prefiro continuar mergulhado nas lembranças do que vivi nessas últimas horas. Revejo mamãe do jeitinho que a deixei: rosto inchado, escurecido, muito escurecido, lábios vermelhos sobre os quais continuam a emplastrar bálsamo para tentar conter os sangramentos. Enquanto ela permanece deitada, cabeça voltada para o lado, sua boca se abre sozinha, e dela escorre um filete de saliva vermelha. Com um lenço, limpo-a delicadamente. Ontem, chegou a lacrimejar. Quando limpei, as lágrimas eram igualmente vermelhas. O sangue escorre dela por todos os poros. Nesse fim de semana, Clara estava ainda mais presente do que de costume no quarto de mamãe. Veio quase que de hora em hora. Controlava minuciosamente a evolução do quadro. E injetava morfina. Acho que era morfina. A Kosambela me disse que essa injeção era de morfina.

Clara veio a certa altura aplicar uma injeção. Olhou o aparelho que fica ao lado de mamãe. Crispou-se. Parou de sorrir. Apertou a campainha fluorescente localizada na entrada do quarto de mamãe. O visor da campainha passou do verde ao vermelho. Então, rapidamente, ela me pediu para sair do quarto. Eu estava segurando a mão de mamãe e não queria sair daquele jeito. Mwána, preciso que você saia agora, ela disse. Quis lhe perguntar o que estava acontecendo, mas uma legião de enfermeiras já estava a postos. Entrei em pânico. Monga Míngá!, gritei, segurando o dedo indicador que usávamos em nossa comunicação. Ela permaneceu inerte. Muda, fria, impassível. Tranquila. Um enfermeiro me levou gentil, mas firmemente para fora.

Quando cheguei ao corredor, quis gritar. Talvez chorar. Mas não conseguia. Peguei o telefone para ligar pra Kosambela. Ela iria trabalhar o fim de semana todo, mas tentei mesmo assim. Não consegui contato. Caixa postal. Devia estar ocupada limpando o quarto de outro paciente à beira da morte na clínica. Me perdi por alguns instantes imaginando o que poderia estar sendo urdido no corpo de mamãe àquela altura. Pra espantar esses pensamentos, cogitei ligar para Ruedi. Ele não vai atender, pensei. Ainda está com o Dominique. Mas resolvi tentar. Como previsto, ele não atendeu. E mesmo que tivesse, ele não teria entendido a gravidade dos fatos. Ainda que entendesse, não conseguiria dar a mamãe outro sopro de vida. Quem posso contatar agora? Quem pode vir aqui me acudir? Me senti fraco. Caí ajoelhado. Do nada, comecei a rezar. Invoquei Zambi, Elolombi e meus ancestrais, os Bankokos. Invoquei meu pai. Pa!!! Pa... pa... pa... pai!, urrava, tremendo como um doente. Onde você está, papai? Não nos leve Monga Míngá, por favor. Não nos deixe sozinhos. Tá ouvindo, papai? Me diz que você não vai levar a mamãe. Me diz que ela vai ficar com a gente. Achei um emprego. Ela precisa colher os frutos disso. Papai! Diz que tá me ouvindo!

Pus a mão na barriga, que súbito começou a doer.

Uma enfermeira passou bem perto de mim. Estava acompanhada de um homem. Apertaram o passo antes de parar diante dos acessórios a vestir para poder adentrar o quarto de mamãe. Deve ser um médico, pensei. Mas não é o dr. Bernasconi. Minha irmã tinha me dito que, na ausência dele, sempre há um ou dois médicos para assumir suas funções. Munidos de estetoscópios, eles puseram luvas e outras parafernálias e entraram como flechas no quarto de mamãe. Esperei do lado de fora. E esperei. Esperei que viesse alguma informação do quarto onde àquela altura havia uma dezena de enfermeiros e o médico. Esperava que alguém dissesse que ainda restavam esperanças. Que me dissessem que Monga Míngá estava de onda, fazendo graça, interpretando uma comédia. Esperei uma meia hora. Interminável. Então, o médico saiu, acompanhado de duas enfermeiras. Estavam com o semblante cansado. A batalha que tinham acabado de lutar os tinha deixado exaustos. O homem se aproximou de mim e disse:

— Claudio Schwartz. Cuido de sua mãe na ausência do dr. Bernasconi.

Ele também falava francês.

— Como ela está?

— Tudo sob controle.

— Ah, Zambi!, gritei.

— Conseguimos fazer o nosso melhor.

Corri para o quarto de mamãe. Lá estava ela, olhos fechados, rosto ainda mais inchado, pele do cocuruto descoberta e enrugada. Cheguei perto. Um enfermeiro me deu uma máscara e luvas para lembrar as regras dali. Pus ambas. Peguei a mão de mamãe. Olhei o seu dedo indicador direito. Ela o balançou de cima para baixo. Talvez quisesse me dizer que estava melhor. Que ela sairia desta. Ou não. O que sei eu?

No trem lotado, quando repasso isso, choro. Meus vizinhos disfarçados de Papai Noel percebem. Ficam sem jeito. Seu olhar entrega sua incompreensão. Como alguém pode chorar na véspera do Natal? Voltam a me fitar. Desta vez, parecem se compadecer.

Choro um pouco mais. Faço o possível para não ser barulhento. Mas a dor que me rasga as tripas é mais forte. Assoo o nariz ruidosamente. Cubro a cabeça com o capuz do meu casaco. Não quero chamar a atenção do vagão inteiro.

Depois de longos minutos de choro, consigo pregar o olho. Não dormi nas últimas duas noites. O quadro de mamãe me deixou desperto.

Como num sonho, sinto uma mão pousar em meu ombro. Ela me aperta. Não, não estou sonhando. Há mesmo alguém tentando me acordar. Devagar, levanto o capuz. A luz branca do vagão machuca meus olhos. Cubro o rosto com a mão para me proteger. Antes de sair desse torpor, uma voz se dirige a mim. A pessoa fala num francês aproximativo. Enfim, talvez não tão aproximativo. Seu sotaque me faz pensar que talvez seja alguém germanófono. Um suíço-alemão.

— Seus documentos, senhor, diz a voz.

Abro lentamente os olhos e vejo dois homens à paisana. Levam um distintivo. Devem ser da polícia.

— Para quê? O que está acontecendo?, pergunto, acordando da minha soneca.

— Sem perguntas, senhor. Seus documentos.

— Mas por que só estão pedindo a ele os documentos, perguntam os papais noeis sentados à minha frente.

— Mais uma palavra e vão todos detidos na próxima parada, eles retrucam.

Sem mais resmungos, mostro a eles o meu visto. Eles o examinam, fazem algumas ligações —com certeza, para uma central de checagem da minha identidade. Findo o processo, devolvem meu documento. Praticamente o atiram na minha cara. Partem sem se despedir, sem desejar boa noite, sem deixar votos de boas festas. Meus vizinhos da frente ficam estupefatos. Nem tenho tempo de pensar no espanto deles. Cubro de novo a cabeça com o capuz e volto a cochilar, torcendo para desta vez sonhar com mamãe, com alguma palavra que ela me dirá, com o momento em que ela me contará o que sente de fato e me abrirá as portas deste mundo ao qual ela se recolheu há mais de duas semanas.

XXIII

Ao fim do meu encontro com o sr. Burioni em Lausanne, uma alegria imensa toma conta de mim. Tenho um emprego. Até que enfim! Consegui um empreguinho pra mim! Tenho um contrato de trabalho como tem que ser. Começo em 1º de janeiro. Está tudo assinado. Serei o responsável pela comunicação do sr. Burioni, advogado dos animais. Ele aliás não defende só os animais. Também faz gestão de patrimônio. Durante anos, ajudou os peixes grandes do mundo a esconder seu *gombô* sob as montanhas. Hoje, está convencido de que o futuro de seu ramo está igualmente na defesa dos animais. E para alavancar o seu projeto, caberá a mim buscar novos clientes. Vai ser preciso prospectar. Mas isso não será problema para mim. Estou acostumado à tarefa. Ora, não era eu que batia de porta em porta para vender os produtos de beleza do sr. Nkamba?

Na rua, um vento gelado sopra em rajadas e aumenta a sensação de frio. Na praça Saint-François, em Lausanne, as pessoas vão e vêm num passo de corredor. Sinto um ímpeto de detê-las. Queria gritar na cara delas o quanto estou feliz. Queria dizer a elas para não se preocuparem mais comigo. Agora, tudo se ajeitou. Tudo vai bem demais. Sorrio para todos os passantes. Pareço um doido, um lunático. Vou em direção à estação de trem pela rua do Petit-Chêne. Uma música de Natal deliciosa cadencia o meu passo. Paro e danço com um mendigo que me pede uma moeda. Surpreso, ele entra na brincadeira e dança comigo. Dou-lhe uma nota alta. Ele mal acredita. Sigo o meu caminho pensando no que vou ganhar em breve.

Quanto vou ganhar? Ah, o *gombô*! Um gombozinho fresquinho! Começo a me empolgar com isso. Como vou sentir orgulho em reencontrar Safia e Ophélie! Terei umas coisinhas para contar. O sr. Mazongo Mabeka, meu assistente social, é outro que vai receber minha visita, esse serzinho desprezível. Vou lá entregar a ele nossa carta de demissão, minha e do Ruedi, do auxílio social. Se precisarmos reembolsar algo, farei isso com prazer! Não vou deixar também de passar na minha conselheira na agência de empregos. Vou lhe dizer como consegui me virar sem a sua ajuda. Ela vai ficar contente. Irei ver a sra. Bauer, Mireille Laudenbacher e o sr. Khalifa, o trio do perrengue. Vou falar o quanto sou grato a eles. Nunca teria conseguido esse emprego se não fosse por eles. Nem em sonho. Levarei um presente especial para o cachorro de Mireille Laudenbacher. Ele bem que merece.

Irei às montanhas dos Grisões, na casa dos Baumgartner, para agradecê-los pela ajuda. Sei que o patriarca é fã de vinho tinto. Vou presenteá-lo com um *grand cru* bem envelhecido. Também farei uma escala em Lausanne, na casa da Kosambela. Massagens por minha conta, e adeus às dores nas costas. Levarei meus sobrinhos Gianluca e Sangôh ao circo Knie. Irei a M'fang e M'bangala, na Bantulândia. Comprarei o enxoval do bebê do meu primo Ntumba. Ele se juntará a nós aqui na Helvécia se quiser largar seu guri na África... Mas, antes de tudo, comprarei novos Louboutins para mim. Última moda. O modelo que eu vi faz pouco na vitrine de uma loja da rue du Rhône, em Genebra. Todo mundo saberá que algo aconteceu na minha vida.

A TRINDADE BANTU

167

Todo mundo, mas mamãe...

Ligo para Kosambela para contar tudo o que estou vivendo, mas, acima de tudo, para ter notícias da evolução do quadro de mamãe.

— Devemos continuar rezando, ela me diz, depois de ter me parabenizado.

— Sim. Mas o que diz o dr. Bernasconi?

— Os enfermeiros dizem que estão fazendo tudo para que ela melhore.

— E o Bernasconi?

Ela me conta que o dr. Bernasconi continua muito apreensivo, ainda que tenha percebido ligeiras melhoras nas últimas horas. Mas isso não é suficiente. Mamãe permanece em um estado muito instável. Estado crítico.

Eu sou dos que acreditam que uma boa nova atrai outra. Então, prefiro guardar minha serenidade. Mamãe vai melhorar, busco me convencer. Zambi, Elolombi e os Bankokos estão me ouvindo.

Em casa, reencontro Ruedi. Ele estava ansioso me esperando. Só com o olhar, ele me pergunta como foi a entrevista com o sr. Burioni. Eu sorrio. Ele pula no meu pescoço. Eu sabia! Sabia!, ele diz. Ele já fez a mesa. Há três lugares arrumados. A terceira pessoa é o Dominique. Ruedi o convidou. Ele trouxe um filé-mignon, como tinha prometido. Um aroma de assado com mel e alho perfuma nossa salinha de jantar. Ruedi põe pra tocar uma sinfonia branda de Kidjo para criar um clima. Sem tempo a perder. Hora de comemorar a novidade. Acabou o tempo dos perrengues.

Logo depois de nos sentarmos à mesa, meu telefone toca. É a Kosambela.

— Não estávamos te esperando pra comer, digo.

— Mwána..., ela responde, a voz trêmula.

— Alô! Kosambela? Alô? Tudo bem com a Monga Míngá? Fala, a mamãe tá bem?

— Você precisa vir aqui. Rápido, É urgente.

— O quê?

— Os médicos. Mamãe.

Ela soluça de tanto chorar. Eu me levanto bruscamente e busco refúgio no quarto.

— Eles estão dizendo que só restam a ela 24 horas. Acabou. Ela não vai ficar viva por muito tempo.

— O quê?

— Você precisa vir pra cá, e rápido.

Meu coração dispara. Seu batimento parece chegar aos meus ouvidos. A sinfonia de Kidjo não me acalma. Minhas mãos e pés, meu corpo inteiro treme como uma folha soprada pelo vento de outono. Lágrimas me sobem aos olhos. Me faço de durão, como sempre. É preciso permanecer calmo. Mas rapidamente capitulo. As lágrimas escorrem. Escorrem em profusão. Saio do quarto. Ruedi e Dominique estão bem ali na porta. Querem saber o que está acontecendo. Fico mudo. Estou perdido.

Entro no banheiro. Lavo meu rosto com afobação. Um grito de desespero me bole por dentro. Não quero que ele escape. Ruedi me faz um carinho nas costas. Dominique permanece na entrada do cômodo. Ranjo os dentes e tento reter o meu berro. Cala a boca, Mwána. Cala a boca e controla o teu corpo. Não consigo. Solto um urro de desespero que inunda o apartamento. Choro botando as tripas pra fora. Vejo a aproximação do mal. Vejo a morte. Vejo mamãe morta. Ruedi me segura pelo ombro. As lágrimas não param de jorrar dos meus olhos. A tristeza se instalou. Movimenta-se dentro de mim ao ritmo de trotes dolorosos. Uma forte dor de cabeça me causa vertigem.

Tudo bem, *schätzli*?, pergunta-me Ruedi. Não respondo. Ele deve estar em pânico. Começa a chorar. O que está acontecendo?, ele me pergunta. Me fala, o que é que tá acontecendo? Ruedi chora ainda mais do que eu. Dominique parece não saber o que fazer.

Entra no banheiro. Coloca-se entre nós dois e nos segura pela cintura. Murmura palavras doces. Vai ficar tudo bem. Vai ficar tudo bem. Mwána? Mwána, tá me ouvindo? Vai ficar tudo bem. Fica calmo, Ruedi. Vai ficar tudo bem. Acalmem-se.

— Mamãe!!!, grito eu.

— Não, isso não, reage Ruedi, chorando.

— Mamãe!!!, grito de novo, como uma criança que busca conforto nos braços da mãe ausente.

— Não, *Schätzli*, não pode ser isso. Não!

— Sim. Logo. Vai acontecer logo. Vinte e quatro. Só 24 horas. O médico diz que restam apenas 24 horas.

Dominique também fica desnorteado com o que acabo de contar. Ainda nos segura pela cintura e tenta nos acalmar. Em seu fiapo de voz que tenta tudo para nos consolar, consigo entreouvir seu choro. Ele pede que Ruedi traga o meu casaco. Ruedi não dá um passo sequer. Você precisa ir correndo para Lugano, diz Dominique. Vou com você, completa Ruedi. Meu olhar o faz mudar de decisão. Não é a melhor hora para encontrar Kosambela. Dominique e Ruedi me abraçam. Força, diz Dominique. Devagar, ele me afasta do abraço de Ruedi. Leva-o até o quarto. Pouco depois, sai e se oferece para me acompanhar até a estação Cornavin.

Pulo no primeiro trem. Destino Lugano. São seis horas de viagem. O suficiente para secar minhas lágrimas e talvez atirar um tanto da minha tristeza nos trilhos, na tripulação, nos passageiros, nas paisagens rurais que vamos atravessar e nas vacas rechonchudas que pastam impávidas nos campos verdes. Vou deixar um pouco da minha melancolia em cada estação pela qual passar. Vai ser bem assim. Deixarei migalhas da minha dor pelo caminho.

No trem, só consigo chorar. Meus soluços não são ruidosos, mas tampouco o que se poderia chamar de discretos. Entre Berna e Zurique, duas senhoras se sentam à minha frente. Percebem logo que eu não estou bem. Seus rostos entregam sua compaixão. Elas parecem empáticas à minha dor. Uma delas me oferece um pacotinho de lenços. Vem a calhar, porque os meus estavam quase no fim. Aceito. Faço um barulhão assoando o nariz. Opa!, murmura a senhora de casaco rosa. A outra veste um pulôver de gola alta. Permito-me sorrir. Elas me fitam durante toda a viagem. Oferecem-me uma banana, dois biscoitos recheados de chocolate e dois pacotinhos de lenços. Muito obrigado, *viel mal*, consigo sussurrar.

Durante todo o caminho até Lugano, vou coletando mensagens de afeto de vários passageiros, que, no entanto, não sabem nada sobre a minha tristeza. Na minha bolsa, no fim da viagem, tenho uma coleção de presentinhos: uma banana amarelíssima, dois biscoitos recheados de chocolate, cinco pacotinhos de lenços, uma maçã, uma garrafa d'água e até um baseado! Acredite, um baseado dado por um jovem. Ele me disse: pega isso aqui, dá uma levantada no ânimo. Ao fim do trajeto, levo vários mimos, mas nem uma microcentelha de vida que eu poderia dar a mamãe. Uma centelha de vida, um soprinho, o sopro que eu poderia exalar em sua boca para esticar sua vida, nem que fosse só por alguns minutos.

XXIV

A neve acumulada no chão retarda o meu passo. Dos pés da colina sobre a qual está situada a clínica San Salvatore, ouço um barulho esquisito. Parecem iuius ou talvez gritos de lamento. Entre dois soluços, consigo reconhecer a voz de titia Bôtonghi. Ela chegou antes de mim. Deve ter vindo de carro.

A alguns metros da clínica, avisto um grupo de mulheres com vestimentas típicas da nossa terra. Elas têm também um turbante amarrado à cabeça. Estão aglomeradas ali, no hall da entrada principal. Titia Bôtonghi e outras quatro mulheres que eu não conheço. Estão sentadas no chão e choram até não haver mais lágrimas dentro de si. Uma delas, gorda como um hipopótamo, rola pelo chão. Não será o frio que a impedirá de observar as boas maneiras bantus. Ela grita: Ah, Zambi! Ah, Zambi! Como você pode deixar acontecer uma coisa dessas? Por que ela, Zambi? Por que Monga Míngá? De barriga para cima, a gorda bate os pés no chão.

Um segurança tenta afastá-las. Logo atrás vem uma recepcionista da clínica. Ela parece completamente atônita. As mulheres com roupas tradicionais não lhe dão a menor bola. Seguem chorando como manda o figurino. Como lá na nossa terra.

Ao ver-me, titia Bôtonghi solta um berro. Mwána!, ela soluça aos prantos, rolando no chão ela também. Depois, ergue as mãos em direção ao céu. Mwána, meu filho! Por que Zambi nos aprontou essa? Sinto o meu coração acelerar. O que Zambi aprontou pra gente? Bernasconi não tinha dito que ainda restavam 24 horas? Titia continua rolando pelo chão ao lado da mulher hipopótamo. Ando em direção a elas e tento acalmá-las. Elas se debatem. Enquanto faço o que posso para cobrir seu bumbum com a parte de sua roupa chamativa que subiu, percebo lá do outro lado, perto da árvore de Natal que se ergue na sala de espera principal, um grupo de Irmãs-gestoras e de curiosos. Eles parecem incrédulos. Uma Irmã faz o sinal da cruz, enquanto a outra mexe os lábios. Deve estar rezando.

Kosambela chega. Seus olhos estão vermelhos. Leva na mão o terço. Está calma. Nunca a vi tão serena. Ao vê-la, as carpideiras vêm correndo. Jogam-se a seus pés. Com a voz firme e séria, Kosambela pede a elas para se acalmarem. Nada mais diz. Titia Bôtonghi e as outras mulheres aos poucos vão se calando. Algumas ajeitam de volta o turbante. Outras procuram suas sandálias, lançadas a dezenas de metros na hora da comoção.

Uma vez que todas se acalmaram, Kosambela as leva à sala de espera do quarto andar, onde mamãe vive suas últimas horas. Kosambela toma a palavra:

— Mães minhas, é preciso agradecer a Deus por todas as coisas. Sua vontade nem sempre é a nossa. Mas se ele decidiu assim, cabe-nos apenas dizer amém.

Uma mulher desata a chorar de novo. Ela quer se jogar no chão. Titia Bôtonghi a impede. Aqui, não, minha irmã, ela diz. A mulher se contém.

— Posso ver a minha irmã pela última vez?, pergunta titia Bôtonghi.

A TRINDADE BANTU 173

Kosambela responde que basta manter o decoro. Lembra as regras a seguir antes de entrar no quarto de mamãe. É preciso botar luvas, máscara, jaleco, proteções para os sapatos e toda a parafernália. Porque mamãe ainda está viva. Sim, só lhe restam umas horinhas. Mas ela ainda está viva. E se ela está viva, ainda podemos ter esperança.

Minha irmã as deixa entrar no quarto, cada uma de uma vez. Ao saírem, estão arrasadas. Mortas de tristeza. Uma diz não ter reconhecido mamãe. Minha irmã está parecendo um cadáver cadavérico, ela descreve, sem parar de chorar. Cada uma sai de lá com um comentário diferente, observações e lágrimas, sempre. Titia Bôtonghi fica sentada no chão, colada na porta do quarto 415. Os joelhos seguram seu queixo. Ela vai passar a noite ali. É o que me diz quando chego perto para consolá-la. Ela pede para eu ser firme. Vai dormir, com as outras mulheres do grupo, do outro lado, na sala de espera.

— Quem são essas mães que estão com você?, pergunto.

— São mulheres da cidade de M'bangala. Só Mafùta, a gordona, é que vem de M'fang. Conheço-as lá da nossa associação de mulheres bantus de Genebra. Quiseram vir chorar comigo a nossa irmã.

— Mas titia, elas conhecem a mamãe?

— Mwána, meu filho, desde quando é preciso conhecer o cadáver para chorá-lo?

Estou no quarto de mamãe, sentado numa cadeira de rodinhas. Vou passar a noite ali esperando a última hora de mamãe. O minuto final. Bato cabeça de sono. Do outro lado do quarto, de sentinela, está Kosambela. Murmura preces, uma atrás da outra. Tem o pescoço rijo e o olhar atento. É a guardiã do corpo de mamãe. O corpo ainda está ali. Bernasconi nos disse mais cedo que não havia mais esperança. Que não adiantava nada mantê-la viva. Disse que fazia alguns dias que ele e sua equipe a mantinham viva sem qualquer perspectiva. Que isso se tornava insustentável. Seria preciso nos lembrar que mamãe estava internada ali por caridade? Ou o custo da repatriação de um corpo até a Terra Bantu? Ele nos deu um conselho de amigo: o melhor seria desligar seus aparelhos e enviá-la com prontidão ao seu país, onde ela poderia passar seus instantes finais ao lado da família. E afirmou que não restava muito tempo para pensar. Era preciso agir rapidamente. Enquanto ela ainda estivesse viva.

Kosambela respondeu que não. Vamos deixá-la ligada às máquinas. Vamos guardá-la viva tanto quanto for possível. Mesmo que tenhamos de nos endividar para isso. Kosambela disse a Bernasconi que venderia a alma e até os filhos para salvar sua mãe.

Eu não falei nada. Quando Kosambela decide algo, é a palavra final. Ninguém a fará mudar de ideia.

Ela desfia seu rosário. De meu lado, fito vez por outra o crucifixo pendurado acima da cabeça de mamãe, perto da imagem da Virgem cujo filho se recusa a crescer. E se a minha irmã tiver se equivocado? E se a gente acabar deixando mamãe nesse estado por muito tempo? E se ela ficar mergulhada num coma artificial durante anos? Sou eu que vou acertar essa conta. Porque agora tenho um emprego bom. Recebo um *gombô* bem razoável. Mas será mesmo que quero gastá-lo todinho só para ver mamãe deitada, morta, morta-viva sobre uma cama de hospital? É isso que eu quero? Lá no fundo, uma voz me empurra a ceder, a capitular. É uma voz dos confins da consciência que me fala. Ela me pede para ir conversar com Kosambela, pedir que ela reconsidere. Não, sua irmã não vai aceitar isso nunca, você sabe. Vá atrás do Bernasconi, tente encontrá-lo. Fale com ele. Conversem como homens, diplomados, intelectuais —e até como homens, digamos, femininos. Ele vai te entender. Vai ver como você é mais ponderado, menos fanático. Vá falar com ele.

Levanto-me da cadeira de rodinhas e caminho em direção à porta.

— Onde você vai?, pergunta Kosambela.

— Dar uma volta.

— Não é a hora.

— Vou ao banheiro.

— Eu falei que não é a hora.

Volto ao meu lugar. Olho minhas mãos cobertas de luvas e todos os apetrechos que uso. Quero continuar vendo a minha mãe assim? Luvas, um jaleco-toga, touca e tudo mais? Levanto-me. Chego perto do corpo inerte de mamãe. Ela está mesmo irreconhecível. Não consigo mais chorar. Ainda que ela morresse, não acho que eu conseguiria chorar mais seu cadáver. Meu estoque de lágrimas acabou. Tudo esgotado. Além do mais, penso que há cadáveres pelos quais de nada vale chorar. São aqueles que o fizeram sofrer com eles. Faz quatro meses que atravesso os dias chorando. Faz quatro meses que nutro a esperança de que um milagre se produza. Bernasconi bem que tinha nos dito desde o início. Dito que o câncer de mamãe estava em fase terminal. Que ele e sua equipe fariam o que pudessem. Que mesmo que ela se livrasse desta vez, sua vida não seria mais a mesma. Ela teria sequelas enormes. Não poderia mais comer normalmente. Seria preciso amassar tudo antes de dar a ela. Mesmo reles bananas. Até iogurte. Seria necessário diluí-lo. E então purificá-lo com um filtro. Era essa mãe que eu gostaria de ter comigo nos dias adiante? Seria uma mãe ou uma bebê recém-nascida?

Kosambela continua rezando. Não chora. Não chora mais. Deixa uma bíblia aberta no criado-mudo ao lado da cama. Sussurra. Então fala. Consigo ouvi-la. Por quê? Por que você permite uma coisa dessas? Ah, Zambi! Você, o Deus das nossas almas! Você, o Deus dos nossos ancestrais! Por que permite uma vergonha dessas? O que vão pensar nossos irmãos e irmãs, nossos pais e mães na Bantulândia? O que vão pensar? Será que ainda vão acreditar em seu nome? Ainda que essa crença em seu nome pouco lhe importe, pense no esforço de Bernasconi. Esses camponeses precisam seguir acreditando na medicina do Branco, na medicina dos homens. Não é você, ó grande Zambi, que dá ao homem inteligência para tratar suas crianças? Então por que faz isso?

Minha irmã fala com Zambi, Elolombi e os Bankokos, os ancestrais. Ela confronta nosso pai, Sangôh. E você, hein, pai? E você, papis! O que tá fazendo aí em cima? Foi para aí pra dormir? E a proteção militar que você nos arrancou de uma hora para a outra... Pensou nisso? Ah, sim, eu entendo. Você gostava mais da titia Bôtonghi! É bem isso! Você gostava mais dela do que da Monga Míngá. Senão, como pode explicar sempre ter cuidado de titia Bôtonghi? Ela conseguiu vir aqui para a Helvécia enquanto mamãe sofreu o rechaço violento dos moradores de M'fang. Mamãe perdeu todos os seus bens. Precisou recomeçar do zero em M'bangala, enquanto titia Bôtonghi viveu tranquilona aqui na terra dos Brancos.

Ela para. Desfia mais uma vez seu rosário e amarra o turbante.

Ouça-me bem, Sangôh. Tô falando para me escutar direito. Um militar de verdade não erra duas vezes. Sei que você sabe disso. Estou dizendo que um militar que se preze não pode errar duas vezes. Ou então ele é complemente estúpido. *Ô né tit*? Você é estúpido. Não acredito nisso. Eis aqui a sua esposa. Eis aqui Monga Míngá. Se você conseguiu interceder junto a Elolombi e Zambi para que ela entrasse na Helvécia para receber tratamento, vá novamente falar com Eles para que ela permaneça viva. Estou mandando você fazer isso. Faça só o que eu estou mandando e depois conversaremos no particular, você e eu.

Kosambela crê na Trindade lá da nossa terra: Zambi, Elolombi e Bankoko. Ela ainda acredita. Eu sempre fui cético em relação a esse carrossel de crenças. Nesta noite, entretanto, a impotência me

A TRINDADE BANTU 177

faz confrontar esse fato. Já que Bernasconi e sua equipe não têm mais nada a fazer, quiçá a nossa Trindade consiga operar alguma coisa. Sim, mas o quê? O que eles podem fazer em situações tão dramáticas quanto essas? E, sejamos francos, se eles pudessem ter feito alguma coisa, deveriam ter agido antes! Deveriam ter impedido essa doença desgraçada de entrar na garganta de mamãe. E ainda por cima que doença? O câncer! Então quer dizer que nós, os filhos de sangue da Bantulândia, também podemos ser acometidos por ele? Sempre tive certeza que o câncer não passava de uma doença de ricos —e olha que tenho mestrado e sou o futuro responsável pela comunicação na banca do sr. Burioni... Uma doença de ricos e de Brancos ou, mais diretamente, uma doença de Brancos. Sim, doença de Brancos porque, apesar de todo o *gombô* que vai me banhar quando eu assumir o posto de responsável pela comunicação, não me imagino nem por um segundo tendo que enfrentar um câncer. Não. Eu sou Negro. O câncer não é coisa pra nós, os Negros.

Meu telefone toca. Kosambela me lança um olhar ameaçador. É Ruedi quem chama. Não atendo. Ponho o telefone para vibrar. Alguns minutos depois, ele vibra. Agora é Dominique que tenta falar comigo. Também não atendo. Darei notícias amanhã de manhã, escrevo numa mensagem para eles.

XXV

Ruedi e eu estamos em Klosters, no cantão dos Grisões. Decidimos dar uma volta na montanha. Será preciso percorrer o amplo manto branco que cobre a região para chegar a Carmils, a dois mil metros de altitude. É um lugar magnífico e relaxante, disse-me Ruedi. Depois de tudo o que vivemos, merecemos uma escapulida bonita assim.

Faz um mês que assumi o cargo no escritório do sr. Burioni. Até aqui, tudo vai muito bem. Até mais do que isso. O sr. Burioni se surpreendeu com a minha capacidade de persuasão. Em apenas um mês, eu trouxe uma dezena de clientes. Há os que se queixam dos donos que largam seus cachorros sem se preocupar em lhes tirar o chip de identificação. Os que suspeitam que seus vizinhos maltratem animais. Os que ficam escandalizados com pessoas que levam cachorros para casa sabendo que não conseguirão dar nem sequer uma voltinha com eles. E aqueles cujo cachorro está ameaçado de eutanásia por ter dado uns arranhões num moleque pentelho e malcriado. Eis os tipos que consegui alistar para a banca do sr. Burioni.

Desde então, recebi meu primeiro salário e meus primeiros bônus. Em alguns meses, Ruedi e eu nos mudaremos. Vamos alugar um apartamento maior. Bem maior. A ideia é morar lá com o Dominique. Ele é um cara legal. Não deve ser assim tão ruim essa história de trisal.

Fui ver a sra. Bauer e sua turma para agradecer. Comprei um smoking para o cachorrinho de Mireille Laudenbacher. Aqui em Klosters, presenteei o sr. Baumgartner com um *grand cru* de exceção. Como tinha imaginado, minha conselheira na agência de empregos ficou muito contente em saber que eu tinha conseguido alguma coisa. Ainda não reencontrei Safia nem Orphélie. Vou achá-las no Facebook, com certeza. Até vou criar uma conta por lá. Quem sabe não acabo encontrando-as? Contarei então as minhas boas novas.

A sra. Baumgartner prometeu me ensinar o suíço-alemão. Ela diz que isso vai me ajudar a prospectar clientes também nas regiões germanófonas da Helvécia. E acrescenta outro argumento.

— *Com* o *Schwiizerdütsch*, você vai poder *virrar* um, um...

Ela hesita. Não sabe a palavra em francês. Vira para o filho para pedir ajuda.

— *Also Ruedi, wiä säit mä Eidgenosse uf französisch?*,[30] ela pergunta, no sotaque típico daquele vale.

— Bom Helvético. Um bom Helvético, de raiz.

— *Con* o *Schwiizerdütsch*, você vai poder *virrar* um bom Helvético de raiz, ela diz.

— Igualzinho o dr. Mazongo Mabeka, arremata jocosamente Ruedi.

30 Ruedi, como se fala *Eidgenosse* em francês?

A TRINDADE BANTU

Já o sr. Baumgartner prometeu me dar raquetes de neve. Prometeu até me ensinar a esquiar. Um Helvético que se preze deve conhecer a montanha.

Enquanto esse processo de helvetização não vem, posso exibir minha bandeira bantu. Prendo-a na minha mochila. Ruedi e eu pegamos a trilha até Carmils. Ele me emprestou um de seus pares de raquetes. Avançamos com lentidão. A neve nos atrapalha. Atravessamos paisagens magníficas, daquelas que de nada vale descrever ou pintar. É preciso ir vê-las com seus próprios olhos. Ao chegarmos a Carmils, nos acomodamos sobre uma enorme pedra. Ali jantaremos: fatias de pão com manteiga e tempero suíço.

— Dá uma olhada à sua frente, diz Ruedi. Aquele pico ali é o Casanna.

Não fico indiferente ao espetáculo. Contemplo os picos enevoados. Algumas silhuetas escorregam por essa paisagem. Estão esquiando.

— Ali à direita é o Madrisa, com quase três mil metros de altitude. E à esquerda está o Gatschiefer. A rocha dele é magnífica.

Ruedi me conta que o pico Casanna goza de uma estima quase divina ali na região. É como uma divindade. Reza a lenda que, nessas paragens pacatas, nesse belo lugar, morava uma mulher adorável. Ela teria transformado um homem muito curioso e incrédulo em pedra. Ele me mostra o que seriam os restos desse homem transformado em pedra. Dou risada. Falo para ele da minha Trindade bantu. Falamos de lendas e crenças dos nossos povos. Não acreditamos nelas. Mas as achamos importantes, sobretudo nas horas mais desafiadoras.

Kosambela tinha razão de acreditar na Trindade bantu. Mamãe tá vivinha da silva. Ainda internada na clínica San Salvatore. Mas já livre de qualquer aparelho. Segundo o Bernasconi, ela deve ter alta nas próximas semanas. Talvez no fim de março. Quiçá até antes. Kosambela diz que seus deuses não a largaram.

Que Zambi opera milagres. Agora, as Irmãs-gestoras gostam ainda mais dela. Tanto que vão promovê-la a chefe do setor de limpeza. O aumento salarial é pequeno. Mas já é alguma coisa. As Irmãs-gestoras decidiram que não vamos mais ter que pagar nada da fatura. O que aconteceu foi raro, elas dizem.

Ninguém mais acreditava. Lembro-me daquela famosa noite em que eu estava no quarto de mamãe, esperando pelo fim. Tínhamos esperado por muito tempo. O sono acabou levando a melhor sobre a nossa determinação. No fim das contas, adormecemos como maus discípulos no monte Tabor, o da Transfiguração do Senhor. Mas o sono não durou muito tempo. No amanhecer, dei com Kosambela adormecida, boca aberta e rosário na mão. Acordei-a. Carinhosamente. Ela levou um susto. Juntos, nos aproximamos devagarzinho do corpo de mamãe. Kosambela coçou os olhos freneticamente. Sussurrou alguma coisa que eu não compreendi, mesmo estando colado a ela. Talvez tenha inventado mais uma vez de rezar. Talvez estivesse se preparando para maldizer os Bankokos. Eu só tinha olhos para mamãe. Segurava seu indicador direito, ainda à espera de uma mensagem. Ela abriu os olhos. Com fragilidade. Logo os fechou, mas voltou a abri-los. Zambi do céu!, suspirou minha irmã. Como você tá?, perguntei a mamãe com a voz embargada. Ela balançou o dedo de alto a baixo. Kosambela e eu desatamos a chorar. Mamãe nos deu um daqueles sorrisos que só nós, seus filhos, conseguíamos enxergar. Abracei Kosambela. Tive fé. Ela iria viver. As 24 horas citadas por Bernasconi ainda não tinham passado. Mas havia esperança, agora mais do que nunca. Naquele dia, foi mais ou menos como o que eu estou vendo agora diante dos meus olhos: estas belas montanhas dos Grisões inspiram silêncio e temor, é certo, mas também dão um baita motivo para ter esperança.

— Ó, Mwána, me chama Ruedi. Um dia vou te levar lá. Tá vendo ali? É o Gotschna, com mais de dois mil metros de altitude. As pedras de lá são vermelhas. Elas são tão bonitas.

DAS ANDERE

1 Kurt Wolff *Memórias de um editor*
2 Tomas Tranströmer *Mares do Leste*
3 Alberto Manguel *Com Borges*
4 Jerzy Ficowski *A leitura das cinzas*
5 Paul Valéry *Lições de poética*
6 Joseph Czapski *Proust contra a degradação*
7 Joseph Brodsky *A musa em exílio*
8 Abbas Kiarostami *Nuvens de algodão*
9 Zbigniew Herbert *Um bárbaro no jardim*
10 Wisława Szymborska *Riminhas para crianças grandes*
11 Teresa Cremisi *A Triunfante*
12 Ocean Vuong *Céu noturno crivado de balas*
13 Multatuli *Max Havelaar*
14 Etty Hillesum *Uma vida interrompida*
15 W. L. Tochman *Hoje vamos desenhar a morte*
16 Morten R. Strøksnes *O Livro do Mar*
17 Joseph Brodsky *Poemas de Natal*
18 Anna Bikont e Joanna Szczęsna *Quinquilharias e recordações*
19 Roberto Calasso *A marca do editor*
20 Didier Eribon *Retorno a Reims*
21 Goliarda Sapienza *Ancestral*
22 Rossana Campo *Onde você vai encontrar um outro pai como o meu*
23 Ilaria Gaspari *Lições de felicidade*
24 Elisa Shua Dusapin *Inverno em Sokcho*
25 Erika Fatland *Sovietistão*
26 Danilo Kiš *Homo Poeticus*
27 Yasmina Reza *O deus da carnificina*
28 Davide Enia *Notas para um naufrágio*
29 David Foster Wallace *Um antídoto contra a solidão*
30 Ginevra Lamberti *Por que começo do fim*
31 Géraldine Schwarz *Os amnésicos*
32 Massimo Recalcati *O complexo de Telêmaco*
33 Wisława Szymborska *Correio literário*
34 Francesca Mannocchi *Cada um carregue sua culpa*
35 Emanuele Trevi *Duas vidas*
36 Kim Thúy *Ru*
37 **Max Lobe *A Trindade Bantu***

Composto em Lyon Text e GT Walsheim
Belo Horizonte, 2022